J’AI

Illustration de la couverture : James Wilson Morrice, *Parc en automne* (détail), vers 1910-1915, huile sur panneau, 12,4 × 15,5 cm, coll. Musée des beaux-arts de Montréal, don de la succession James Wilson Morrice, photo MBAM, Brian Merret.

Leméac Éditeur remercie le ministère du Patrimoine canadien, le Conseil des arts du Canada, la Société de développement des entreprises culturelles du Québec (SODEC) et le Programme de crédit d'impôt pour l'édition de livres du Québec (Gestion SODEC) du soutien accordé à son programme de publication.

ISBN 978-2-7609-3300-2

4609, rue d'Iberville, 3e étage, Montréal (Québec) H2H 2L9
Dépôt légal – Bibliothèque et Archives nationales du Québec, 2008

Imprimé au Canada

FRANCINE NOËL

J'ai l'angoisse légère

roman

LEMÉAC

LIMINAIRE

Au moment de la tuerie

François revoyait toujours cet instant d'apocalypse comme le début de sa vieillesse et l'amorce convenue d'un film de violence :

Montréal, intérieur/jour. Chambre à coucher de Garance. Fenêtre ouverte sur les branches dégarnies d'un arbre. Soleil. Cris d'oiseaux. Garance et François font l'amour. Elle le chevauche. On entend une sonnerie de téléphone puis une voix féminine. Marité : « Désolée d'appeler chez vous, il faut que je parle à François… C'est important… répondez, s'il vous plaît… il est arrivé quelque chose à Mexico… » Air stupéfait de François. Garance lui tend un récepteur. *Montréal, intérieur/jour.* Marité au téléphone : « Je sais pas, il y a des morts… Je sais pas pour Maryse, ils veulent pas donner les noms… » *Mexico, intérieur/jour.* Allongée entre les bancs usés d'un amphithéâtre, une femme agonisante. Un jeune homme est penché sur elle. Du sang sort de la bouche de la femme et une tache rouge s'agrandit sur le mauve de sa blouse. Coups de feu et cris d'une foule paniquée. *Montréal, chambre de Garance.* François cherche ses vêtements, le téléphone à la main, les traits défaits.

Coupe. Ou ellipse. Au choix. La séquence suivante, sur laquelle défile le générique, montre Garance nue et seule dans ses draps froissés. Les cris d'oiseaux se sont amplifiés…

C'était en novembre 1999.

François préférait ce plan de Garance abandonnée au milieu de leur désordre amoureux à celui de la mort de Maryse, survenue pendant un Sommet de la Terre auquel il avait lui aussi été convié. Plutôt que d'aller à Mexico réfléchir à l'avenir de la planète, il était resté à Montréal où, de temps en temps, il se risquait à voir Garance, sa dernière élève : il venait de prendre sa retraite de l'université, elle n'avait pas terminé son mémoire de maîtrise et il continuait d'en assumer la direction, fasciné qu'il était par la vivacité de son esprit et sa beauté.

La séquence qu'il imaginait d'elle après son départ précipité faisait trente secondes en temps filmique. En temps réel, elle dura un an. Non pas que Garance eût été frappée de catatonie, mais d'une certaine façon, elle aussi fut atteinte par les événements de Mexico.

D'abord, elle n'en sut rien. Elle se leva, mit sur ses épaules le gilet que François avait oublié et marcha dans l'appartement où son linge et ses vêtements étaient étendus. Par principe, elle n'avait pas de sécheuse, et pas de corde à linge par décret de sa coopérative d'habitation. À part cet étalage de tissu, l'appartement était en ordre, les livres, carnets et croquis soigneusement classés. Elle vint s'asseoir devant la volière qui occupait le fond du salon double, la pensée accrochée à François. Elle l'aimait et avait l'impression d'être aimée en retour pour la première fois de sa vie. Elle frissonna. Le soleil déclinait et la température avait chuté soudainement. Elle enfila le premier pantalon qui lui tomba sous la main, ouvrit l'ordinateur et se plongea dans son projet de maîtrise.

Elle travailla ainsi pendant un an.

François revint de Mexico noir de chagrin. Il se sentait coupable, non pas d'aimer Garance, sa seule aventure sérieuse en trente ans de vie conjugale, mais d'avoir échappé à la tuerie. L'écrivaine Maryse O'Sullivan était son amie et aussi celle de sa femme Marité ; sa mort les rapprocha. Marité laissa sa charge de députée à l'Assemblée nationale – de toute façon, elle désespérait de la politique – et le couple accueillit dans sa maison les enfants de Maryse et leur père, qui n'était plus un père mais un grand corps inutile replié sur sa douleur.

Dans la nouvelle vie de François, Garance tint désormais la place d'une jeune amie à conseiller. Ils ne devaient plus jamais refaire l'amour.

Le regard d'Ève

À l'hiver 2001, le mémoire-création de Garance était prêt et elle-même, presque guérie de François. La performance qui constituait la pierre d'angle de sa recherche se déroula dans le petit théâtre du département des Arts, lettres et zoologie, auquel François était toujours rattaché à titre de professeur fossile. Le soir de la présentation, dans la loge, pendant qu'on s'affairait autour d'elle pour un long habillage, Garance s'étonna de son calme. Elle allait connaître le contact enivrant du public, peut-être même un moment de gloire, et elle avait le sentiment d'être en possession de ses moyens. Quand elle fut prête, elle se dirigea vers la coulisse. Invisible dans le noir du décor, elle regarda la salle, bondée, où elle put distinguer sa sœur, installée dans la première rangée, et ce doctorant hideux qui la poursuivait de ses vaines assiduités. Tous ces gens semblaient respirer d'un même souffle comme un gros animal avide et remuant, et dans le ventre de cet animal, il y avait Valère, le musicien dont elle était la maîtresse depuis peu. Elle se sentit soudainement fragile; le trac lui montait des entrailles. Elle se dit : « C'est bon signe. Vas-y, Garance ! »

Aussi fier que le père d'une débutante, François se tenait à l'entrée de la salle pour accueillir les spectateurs. Debout à ses côtés, son vieil ami et collègue Tibodo lui collait aux basques; le cher homme avait décidé de lui servir d'escorte. Ce serait donc une soirée Tibodo. François était prêt à réfuter ses critiques et sûr de la prestation de son élève.

Dès que le silence se fut installé dans l'assistance, la lumière se leva sur une burqa bleue, immobile au centre du plateau. Une voix de femme marmonna des paroles étouffées et parasitées par des cris de combat, des sonorités afghanes ou croates, on ne savait trop, seul le mot « bonsoir », répété plusieurs fois, était identifiable. Soudain, une partie de la scène s'illumina d'un écran présentant l'image floue d'un pommier en fleurs, puis chargé de fruits. L'arbre avait été filmé à travers la grille d'une burqa.

Alors que l'écran s'assombrissait, sur scène on vit se dresser un arbre portant une seule pomme. Le personnage à la burqa essaya de la cueillir, n'y parvint pas, essaya de la flairer, de la manger, n'y parvint pas et s'en détourna pour entreprendre une marche laborieuse vers un bassin en verre où miroitait une eau claire aux reflets turquoise. Les mouvements grotesques du personnage provoquèrent quelques rires nerveux chez les spectateurs. Quand leur gêne fut bien installée et quasi palpable, la burqa s'envola dans les cintres.

Apparut alors un être humain, vraisemblablement une femme, vêtue de l'abaya – la robe-manteau de rigueur en Arabie Saoudite – et coiffée d'un tchador. Ses mains étaient gantées de noir. La femme regarda longuement l'assistance. À l'écran, même procédé que pour la burqa : plan d'un verger délimité par le rectangle d'un tchador. Panoramique. Le tchador glissait par moments devant l'objectif de la caméra, cachant partiellement l'image. Sur scène, la femme enleva ses gants, plongea ses mains dans l'eau du bassin, la fit gicler et couler entre ses doigts, retourna à l'arbre, décrocha la pomme, la flaira à travers son voile, tenta de la croquer, n'y parvint pas, la palpa puis, résignée, la remit sur sa branche et revint vers le bassin. Pendant ce jeu, une voix d'homme récitait un texte en arabe.

— Qu'est-ce que c'est, qu'est-ce que c'est? demanda Tibodo.

— Un passage du Coran, répondit François. Tais-toi.

La femme ôta son tchador : le visage de Garance apparut, sans maquillage, entouré d'un hidjab. Elle se pencha pour se mirer dans l'eau et y boire dans ses mains en coupelle.

À l'écran, une licorne galopait dans un verger.

Garance dénoua le hidjab : une cornette lui enserrait la tête. Des voix de moniales s'élevèrent, bientôt mêlées à des musiques juives mixées d'une façon saccadée et *trash*, et la performance redevint grotesque. Flashes d'hommes exécutant des danses n'engageant que les pieds : ronde hassidique, gigue, sardane, gigue assise des Québécois d'antan. En rupture avec ces rythmes, Garance enlevait d'autres pelures de vêtements et les laissait tomber au sol. On la vit en religieuse catholique puis en matrone hassidique à la jaquette informe et au crâne rasé. Elle se débattit avec la coiffe de la religieuse, s'en dépêtra dans un bruit de toile déchirée, joua de son cou comme un héron, s'enfargea dans la jaquette, s'arracha le crâne de caoutchouc, secoua sa chevelure avec une évidente satisfaction, lança ses souliers et courut en faisant des bonds et des entrechats. Au moment le plus inattendu, elle leva les bras à l'horizontale : sa jaquette se fendit en deux et disparut en coulisse. Sous la jaquette, elle portait une robe soyeuse et ample, d'un bleu profond.

Une licorne naturalisée traversa la scène de jardin à cour et l'action cessa d'être chaotique.

« Le pire est passé, pensa Garance. Le public est avec moi, il me suivra jusqu'à la fin. » Comme on se déshabille à la hâte pour sauter dans un lac chauffé par le soleil de juillet, elle enleva ses longs bas de coton beige et se mit à giguer, les bras ballants. Puis elle leva les mains au-dessus de sa tête dans des mouvements de sévillane et la musique prit une coloration andalouse. À l'écran, plans de mains qui dessinent les volutes de la sévillane et de pieds nus se déplaçant en même temps que ceux de la performeuse. Peu à peu, le tempo ralentit pour se muer en une danse plus lente, rappelant celle de Jean Rochefort dans *Le mari de la coiffeuse*, François avait fait ce rapprochement lors d'une répétition ; les deux, avait-il dit, le personnage de Rochefort et celui de Garance, dansent pour eux-mêmes, sans volonté de séduire, pour le pur bonheur de bouger.

Quand elle sentit que le désir de danser s'était emparé de la salle, Garance s'immobilisa. Sa robe s'ouvrit de bas en haut comme un rideau levé à l'italienne, lui laissant les épaules et les bras recouverts. Pour le reste, elle était nue, sans bijoux ni tatouage. Elle avait un corps parfait. De beaux seins ronds, la taille souple, les hanches généreuses. Elle ne s'était pas rasé le pubis.

La licorne naturalisée revint en scène et tourna la tête vers la performeuse, qui la regarda à son tour. Elles se sourirent.

Avec simplicité, Garance laissa ensuite tomber sa robe, saisit la pomme et fit lentement le tour de la scène pour s'arrêter au bassin d'eau, dans lequel elle entra. Le poids de son corps reposait sur une jambe tandis que l'autre était légèrement fléchie. Elle croqua la pomme, savoura sa bouchée en regardant les spectateurs et dit : « Bonsoir. Je m'appelle Garance Lemieux. Je vous remercie d'être venus me voir. »

Baisse de l'éclairage. Dans la pénombre, intrusion d'une musique *heavy metal* et remontée brusque d'une lumière froide, de type néon. Descendant des cintres, une burqa noire s'abattit sur la tête de la performeuse et la recouvrit entièrement. Noir.

Les dévoilements successifs avaient été faits sans aucune allusion sexuelle, sans effet d'effeuillage, mais à la tombée de chaque entrave, on avait bien senti la volupté de regarder, de toucher, de respirer, boire, manger, marcher, courir et danser librement. La performance s'appelait *La salope.*

Après une courte pause, Garance réapparut à l'avant-scène vêtue de l'uniforme des étudiantes du département des Arts, lettres et zoologie : un jean quelconque et un col roulé délavé. Son regard balaya la salle. Elle sourit à sa sœur, à des amis, mais ne vit pas Valère. Il devait être quelque part, perdu dans la foule, qui attendait la suite. Elle s'exécuta donc, debout, sans notes, et livra la deuxième partie de son mémoire – pour obtenir une maîtrise de cette université, il fallait étayer sa création de savants propos. Se pliant à cette exigence, elle fit un résumé convaincant de son essai sur *Le corps, le vêtement et le regard.* Après quoi – dernière étape du rituel –, elle fut livrée à une période de questions et remarques venant tant du public que des juges.

Elle subit toutes les interventions avec patience, même celles portant sur l'exhibitionnisme et le baladi. Venait-elle d'exécuter une variation postmoderne, féministe et occidentale de la danse des sept voiles? Si oui, pourquoi avoir négligé le niqab? Et ne craignait-elle pas d'être mal interprétée par la communauté musulmane orthodoxe? Et cetera. La dernière question – « Mais que signifie la licorne et où l'avez-vous capturée ? » – comportait plusieurs volets, comme si la questionneuse eût voulu montrer qu'elle possédait à fond le sujet : « La licorne représentait-elle la sexualité débridée? Sa corne n'évoquait-elle pas un godemiché ? Au fait, s'agissait-il d'un mâle ou d'une femelle ? » Garance répondit qu'elle avait convié la bête fabuleuse à sa performance pour respecter l'incontournable tendance zoophile du département, mais qu'elle conservait des doutes à son sujet. Elle aussi s'interrogeait sur le sens de son appendice et comptait y consacrer une note de bas de page dans sa thèse de doctorat dont la soutenance était prévue pour 2004. S'il n'y avait pas d'autres interventions, elle donnait rendez-vous à son auditoire dans trois ans et le remerciait de son aimable attention. Elle se retira sous les applaudissements.

— Je viens de voir le meilleur strip de ma vie ! claironna Tibodo. Quel bassin ! Et quels seins ! C'est grandiose ! Cette jeune femme est culottée, cultivée, ambiguë, imprudente et physiquement souple. Présente-la-moi !

— T'es un vieux con, Jean-Jacques, murmura François.

En guise de riposte, le professeur Tibodo émit son célèbre rire, appuyé sur le son « han » bien étiré. Il riait pour la galerie car François se dirigeait déjà vers les membres du jury. Il fut intercepté par une inconnue lui brandissant un de ses livres pour avoir un autographe ; il n'était pas seulement professeur mais aussi, à son grand déplaisir, auteur à succès. Après avoir griffonné une phrase du type : « Mille regrets, mademoiselle, je ferai mieux la prochaine fois », il continua sa route.

*

Dans la loge, Garance souriait, se laissait embrasser et féliciter, mais un morceau de son âme se tordait en silence ; elle devait se rendre à l'évidence, Valère n'était pas venu.

Le lendemain, remise d'une nuit de libations en compagnie d'amis fidèles, elle classa sagement le musicien dans sa liste des « étoiles filantes » ; elle avait l'habitude des amours fugaces.

*

La salope fut la première d'une série de performances dont le succès propulsa Garance au rang d'artiste reconnue. Parallèlement à ce travail de création, elle entreprit des études en massothérapie et obtint un diplôme l'autorisant à exercer une profession qui lui permit de payer son loyer. À la date fatidique de sa soutenance, sa thèse n'était encore qu'une ébauche. Ne voulant pas échapper une candidate déjà célèbre, les autorités universitaires lui accordèrent une année de prolongation pour accoucher d'une œuvre « doctorisable ». Puis une autre. Au printemps 2005, début de cet ultime délai, elle n'avait toujours pas délimité les contours de son sujet, *Le voile dans l'iconographie occidentale*, et elle commençait à douter de l'utilité d'un doctorat.

Deuils

François signa le formulaire cautionnant la réinscription de Garance, ils s'embrassèrent, elle partit en coup de vent, et il se demanda ce qu'il faisait à l'université. Il rentra chez lui.

Ses pas résonnaient dans la maison déserte ; la semaine précédente, les enfants de Maryse étaient partis vivre avec leur père, redevenu efficace, et Marité avait repris depuis peu sa pratique du droit familial. Ne restait plus que le chat, réclamant la porte arrière à grands coups de pattes sur la poignée. François lui ouvrit. Un parfum de fleurs de pommier lui caressa les narines. Il descendit dans son jardin pour respirer à pleins poumons. Il lui sembla qu'il se réveillait d'une longue torpeur besogneuse. Depuis l'automne 1999, il n'avait pas vu passer le temps ; patiemment, les yeux rivés sur le quotidien, il avait accompagné les enfants de Maryse dans leur chagrin. Ils étaient maintenant sur l'autre rive, et lui, enfin à la retraite, entièrement libre, sans responsabilités, sans autre engagement que celui d'écrire.

Il ne fit rien de la journée, jouissant de sa vacuité. Mais ne rien faire est difficile. Vers quatre heures, il flancha et, fidèle à sa routine, il sortit à l'avant, traversa la rue et entra dans le parc Lafontaine.

Il connaissait chaque recoin de cette ancienne ferme, chaque massif de fleurs, chaque arbre. Il aimait ce parc, sa flore et sa faune, laquelle variait selon les heures et les saisons. Il y avait *son* banc, face à l'étang nord, en hauteur. C'était là que ses copains et ses anciens étudiants savaient le trouver. Si personne ne venait, il observait les passants et imaginait leur vie. En fin d'après-midi, il attendait toujours plus ou moins Elvire, sa voisine de la ruelle Mentana, son amie au long cours, comme il l'appelait. Elvire et lui avaient mené les mêmes luttes, partagé quelques joies, traversé des deuils parallèles. Leurs conversations n'avaient d'autres limites que celle de leur pudeur et leur intimité était plus grande que celle de beaucoup de couples. Assis sur son banc, il se prit à anticiper la scène : Ils sont côte à côte et ne se regardent pas. Lui admire les grandes outardes végétales installées depuis peu à fleur d'eau. Et Elvire ? Il ne sait pas ce qu'elle regarde, les bourgeons éclore, peut-être, ou le moutonnement doré du ciel. Elvire : « Dis-moi, François, depuis le temps qu'on se connaît, tu ne m'as jamais désirée ? » François hésite à répondre. « Pas même furtivement quand j'étais jeune ? » « Je crois pas, non. » Silence. « C'est un peu vexant », dit Elvire.

Soudain, elle apparut devant lui. Grande et blonde. D'un blond cendré et toujours fraîchement teint ; elle n'aimait pas exhiber la racine blanche de ses cheveux. Son visage aux traits fins était à peine ridé. Elle s'assit dans un froissement de jupes.

— On parle de toi dans *Le Devoir* d'aujourd'hui…

— Ah oui ? Je veux pas le savoir.

— Comme tu veux.

— Qui parle de moi ?

Elle rit.

— Un jeune écrivain. Il se réclame de ton œuvre. Il citait *La saga.*

— Comme si j'avais rien produit d'autre !

Publiée en 2000, *La saga des survivants* avait connu un succès immédiat qui ne se démentait pas. On l'avait traduite en anglais et en espagnol. Cet enthousiasme populaire, démesuré en comparaison de la réception à laquelle François était habitué, l'avait empêché d'écrire et de vivre ; il s'était vu accaparé, contraint d'occuper une place parmi les stars, et il s'était senti décentré. Situation qu'il avait résumée en une formule : « Le succès est un paquet de troubles. » Sans compter les altérations qu'il induisait dans le comportement d'autrui ; des gens qu'il ne connaissait ni d'Ève ni d'Adam, ni même de Lilith, le saluaient comme s'ils l'eussent fréquenté depuis la cour d'école. Il ne s'était jamais habitué à ce personnage d'homme public, et l'efflorescence d'inconnues se précipitant sur son chemin, aguichantes et tout miel, le mettait toujours dans l'embarras. « Tu ne profites pas des occasions, lui disait Elvire bien qu'elle fût proche de Marité, la gloire est érotique. » Elle en savait quelque chose, ayant été la muse du flamboyant poète Adrien Oubedon, après qui couraient toutes les minettes de la république des lettres. Depuis *La saga,* François n'avait rien fait paraître. Conséquemment, sa notoriété baissait et il s'en réjouissait.

— Ma vie redevient normale, dit-il, je me sens mieux maintenant. Le succès me rendait parano.

— Et l'échec rend morose, soupira Elvire. Comment vont les *Carnets*?

Il s'agissait du journal personnel et des notes de travail de Maryse. François avait accepté la tâche d'en préparer l'édition. On s'arracherait sûrement ces inédits car depuis la mort de l'écrivaine, devenue « grande écrivaine », les ventes de ses livres avaient quintuplé.

— Quand tu meurs martyre, dit François, on te fait sauter l'étape du purgatoire littéraire.

Ils restèrent silencieux. Elvire pensait à sa dernière conversation avec Maryse. Elle avait l'impression de la connaître par cœur. François se dit qu'il venait, pour la première fois, d'évoquer le décès de Maryse avec un certain naturel. Il pouvait maintenant affronter cette réalité sans frémir d'indignation. Plus jeune, la mort le terrifiait, mais il avait fini par l'apprivoiser. Du moins le croyait-il.

— Je sais vivre avec la Faucheuse, déclara-t-il. Comme les Mexicains. Elle est un monstre familier, une grosse chienne puante qui fait partie de la famille et qu'on endure. Maryse la voit comme ça, elle aussi.

Elvire ne releva pas son usage du présent. Lui qui maîtrisait si bien le récit faisait de grossiers lapsus : il parlait de Maryse au présent, surtout quand il sortait de la lecture des *Carnets*. Elvire avait discuté de ce phénomène avec Marité. « Il faut le laisser faire, avait dit celle-ci, ne pas le brusquer. Personne ne réagit de la même façon à la mort. » Marité s'exprimait toujours comme si elle-même n'était pas concernée par la disparition de Maryse. Mais Elvire n'était pas loin de penser que sa frénésie de travail cachait une incapacité de liquider cette perte, qui n'était d'ailleurs pas la première du genre ; une autre de leurs amies était décédée subitement et la grande tribu qu'elles avaient inventée autour de l'amitié et du mirage des années 1970 n'était plus qu'une nichée d'oiseaux orphelins et dépareillés. Tous portaient le poids du deuil, même l'homme avec qui elle vivait et dont l'enfant avait été tué par une balle du Sentier lumineux, au Pérou, son pays d'origine. Il n'en parlait jamais. L'enfant aurait maintenant vingt et un ans.

— Tiens, dit-elle, en pensant au loup, il apparaît !

— Tu ne m'écoutais que d'une oreille, dit François. Il suivit son regard et ajouta : « Voilà la conscience latino en marche vers nous. » C'était ainsi qu'il désignait Antonio, le compagnon d'Elvire, que celle-ci appelait plutôt cher Antoine. Antonio – ou cher Antoine – avançait d'un pas souple, sans se presser. Il venait de terminer son quart de travail à l'hôpital Notre-Dame où il «faisait l'infirmière», comme il disait. Au Pérou, dans le temps, il avait été médecin.

— Tu sais, murmura Elvire, il a encore parlé de mariage. C'est une obsession. J'aurai l'air de quoi dans dix ans ? De sa tante !

François ne put rien répliquer, Antonio était à portée de voix. Ils lui firent une place sur le banc.

— Ça va ?

— Ça va.

— Quoi de neuf ?

— Rien. Encore des cas de d'ERVÉ.

Antonio alluma une cigarette et fuma en silence. Elvire et François respectèrent cette pause. Ils étaient si familiers qu'ils pouvaient se taire ensemble sans aucune gêne. Les gens défilaient devant eux avec une poussette ou un chien, et les esseulés s'accrochaient à leur baladeur.

— Et vous autres ? demanda Antonio en enfermant le cadavre de sa cigarette dans un cendrier portable.

— Ça va, dit François.

— Tu viens prendre une bière chez nous ?

— Non merci.

— Bon. Moi j'ai soif.

Antonio prit la main d'Elvire, qui le suivit dans la verdeur naissante de l'allée. Elle avait la démarche d'une jeune femme.

*

Resté seul, François remonta le col de son veston pour se protéger de la fraîcheur qui montait de la terre à peine dégagée des neiges et il s'abandonna au plaisir de circuler dans son prochain roman, à peine ébauché.

Ce texte aurait pour thèmes le territoire, l'identité, la désobéissance civile. Gabriel Dumont, son personnage principal, avait lutté aux côtés de Louis Riel pour faire reconnaître les droits de la nation métisse, mais on avait peu écrit sur lui. Comme Riel, Dumont était un perdant, et c'était cet aspect de l'homme qui attirait François : son humiliation et le silence entourant sa défaite, la tristesse de ses derniers jours. Il ne savait pas encore comment aborder la fin de son héros car, après la série d'hécatombes de la *Saga*, il s'était juré d'écrire un texte dans lequel le mot mort n'apparaîtrait pas une seule fois… Conscient de s'enfermer dans une aporie et de s'être laissé envahir par l'idée de la mort, il infléchit le cours de sa rêverie vers la figure de Garance, qui évoquait pour lui l'ardeur de vivre, puis vers celle de sa fille Myriam. Comme il se contrôlait bien maintenant ! Il voyait défiler ses pensées et les choisissait, écartant celles qu'il jugeait néfastes. Il avait atteint un tel calme qu'il ne faisait pratiquement plus d'insomnie, une nuit sur deux seulement. Il n'était pas encore vraiment et constamment zen, mais zénifiant; ce néologisme convenait à sa pratique. Il méditait. En cachette de Marité. Non pas qu'il craignît son jugement, mais c'était personnel, et sa femme était tournée vers l'action et la douleur des autres femmes. Rien de zen. Comment en suis-je venu à penser à Marité ? se dit-il. Il s'aperçut qu'il fixait depuis quelques minutes un garçon seul avec son ballon et que, par une forme de compassion cérébrale, il voyait à ses côtés un autre enfant, identique : son jumeau décédé. Depuis quelques mois, il avait tendance à imaginer des jumeaux mort-nés aux inconnus qu'il croisait. Il se demandait de temps à autre ce que signifiait cette fringale gémellaire sans trop chercher la réponse, car il croyait avoir liquidé la question dans son scénario *Castor et Pollux*. Il décida de s'accrocher au réel, d'être

« en prise directe » sur les choses, comme le suggérait le maître Shui Long, et de regarder, tout simplement. Il vit alors, venant dans sa direction, un homme tenant une fillette par la main. L'homme était dans la jeune trentaine et visiblement heureux de déambuler avec sa fille. François crut sentir la tiédeur pulpeuse de la main de l'enfant dans celle de l'homme et la douceur de ce contact. Ils passèrent devant lui sans le regarder, absorbés par une conversation dont il ne saisit que le mot pâmoison. Bonheur de la redécouverte des mots dans le babil d'un enfant ! Cela lui rappela ses joies d'autrefois, avec les siens. Il avait été un père présent et ne le regrettait pas. Les mâles de son département l'avaient traité de mère poule, de moumoune et de mauviette. De féministe ! Pauvres cons. Il regarda disparaître l'homme et l'enfant du côté de la rue Rachel et se leva ; Marité travaillait ce soir, il irait donc revoir le dernier film de Bernard Émond.

Le cinéma était sa seule mauvaise habitude.

Les inséparables

Garance appuya sur *play* et la musique s'insinua doucement dans la pièce. Elle palpa la colonne vertébrale de haut en bas puis retira le drap de coton pour dégager le dos. Refaire les mêmes mouvements dix fois, vingt fois, comme si chacun était le dernier, avec juste assez de force, sentir les muscles se détendre, les nœuds se dénouer, fouiller le corps de cette inconnue, y toucher les douleurs accumulées et les rares assouvissements. Elle passa ainsi toutes les parties accessibles et permises; le cou, les épaules et chaque membre jusqu'aux extrémités. Elle était dans la musique et la chair de la femme et dans son corps à elle, qui dansait autour de la table, toujours la même danse. À la fin, masser doucement le cuir chevelu, le front et les tempes. Peau rêche, même là. Odeur d'amandes. Un sourire s'esquissa sur le visage de la femme, qui en devint jolie. Accueillir cette ombre de sourire, ce petit bonheur. Poser ses mains sur le ventre et la poitrine en guise d'au revoir. Puis laisser la femme à elle-même. Lui donner le temps de remettre ses habits et son masque de citoyenne policée.

La cliente partit pendant le larghetto d'un nocturne de Chopin.

Garance éteignit la lumière de la chambre de massage, se lava les mains, mit de l'eau à bouillir et choisit la théière bleue en fonte, cadeau d'adieu d'un ancien amant. Un bel objet rond. Sur l'afficheur de la boîte vocale, elle reconnut le numéro de ce type qui la poursuivait depuis des semaines et ne lui plaisait pas. Elle effaça le message sans l'avoir écouté. L'eau frémissait déjà. Le thé au jasmin ne se boit pas devant une pile de vaisselle sale. Elle quitta la cuisine avec tasse et théière et traversa l'appartement où s'accumulaient les accessoires de ses dernières productions : masques et maquettes, une clepsydre, un corset, une crinoline à cerceaux, divers instruments de musique – des instruments inventés – et des ailes, trop longues pour sa garde-robe, qui pendaient dans le couloir. Malgré cet étalage de bazar, les pièces, immenses et hautes, n'avaient pas l'air encombrées. Sa préférée était le salon et, dans le salon, le coin de la volière.

À cette heure de la journée où le soleil les atteignait par une fenêtre latérale, les oiseaux s'égosillaient de contentement. Chardonnerets, cordons bleus à joues rouges, baizes, tyrans domestiques, vermules poudrées, diamants de Bichenov et, dans une cage à part, un couple d'inséparables. Elle aimait particulièrement les inséparables, une espèce qui, une fois appariée, ne connaît pas la solitude. Si on les sépare, ils se laissent mourir, dit-on. Alors que l'être humain se raidit dans son isolement et s'acharne à subsister. Elle essayait de ne pas se raidir et de jouir des menus plaisirs d'une existence épargnée par la maladie, la pauvreté, la guerre. En ce moment, elle savourait l'amertume du thé, ses effluves, la chaleur de la tasse dans sa main, et c'étaient, comme à l'accoutumée, des bonheurs solitaires. Bien sûr, elle avait des amis, des femmes surtout. Il y avait aussi Dave et sa loyauté indéfectible, elle partageait un atelier avec lui, mais il ne comptait pas : dans la vie d'une célibataire, il y a toujours un homosexuel pour le rire et les confidences, mais la nuit il se volatilise et vous êtes seule dans vos draps.

Combien de nuits blanches encore, combien d'années avant de rencontrer un compagnon, le bon, celui qui soutiendrait son regard et ne s'effaroucherait pas de ses débordements? Elle venait d'avoir 36 ans et le temps filait, immobile, sans montées ni accélérations, dans une monotonie d'éternel présent. Elle était accoudée à une fenêtre donnant sur une impasse où personne ne s'égarait. Que des écureuils trop gras dans les arbres. Ils vous dévisagent sans vous voir. Des jours et des mois en face d'un nid d'écureuils indifférents. Sortir de temps en temps parce qu'on n'en peut plus d'attendre à la fenêtre, pour les courses ou pour rien. Marcher dans des rues où personne ne vous adresse la parole, sauf pour quémander de la monnaie. Tenter d'établir un contact visuel avec des vendeuses cramponnées à leur cellulaire, dire bonjour, bonsoir, bonne fin de journée, merci, non merci, oui, c'est tout, merci, prendre les sacs de provisions, retourner chez soi, croiser des voisins qui ne répondent pas à votre sourire. Jour après jour, ne côtoyer que des ombres pour qui elle n'était qu'une autre ombre. Pas tout à fait pourtant, il y avait le regard oblique des hommes, ils vous évaluent de loin, détournent les yeux en approchant puis se retournent pour apprécier votre potentiel d'accouplement : est-elle baisable ? Soutiens d'abord mon regard, on baisera ensuite ! Si tu me plais. Dans cette ville, les gens vous regardaient rarement en face. Ils étaient des milliers d'esseulés, et peu de rencontres pourtant, que des évitements polis. Un diamant vint s'agripper aux barreaux de la grille. Garance le caressa, elle soupira pour exhaler sa maussaderie, s'étira longuement et son souffle s'ouvrit sur un chant : aujourd'hui était samedi, jour de solitude rompue, elle allait voir sa sœur.

*

En remontant la rue de l'Esplanade, elle sentit une présence dans son dos et s'écarta pour laisser passer une jeune femme chargée de sacs d'épicerie et qui marchait avec une sorte de bonheur animal. « Ma robe ! » se dit Garance. C'était une robe taillée dans un de ces tissus luisants comme le lycra et souples comme le jersey, épousant les formes du corps selon les mouvements et les points de pression. Le rebord de la jupe évasée valsait facilement contre les mollets. Garance avait la même, en rouge. Celle-ci était bleu lavande et la jupe dansait bien. La silhouette, découpée par le soleil couchant, se profilait sur le vert des gazons neufs.

Amusée de voir sa robe en version adoucie et portée avec tant de grâce, Garance suivit la femme pendant un pâté de maisons, puis un autre, se repaissant de sa beauté ; elle était une chasseuse de beauté. Un autre petit bonheur à saisir. La femme ralentit et s'engagea dans un escalier. À mi-chemin, elle s'arrêta pour contempler les feuilles d'un vinaigrier, puis elle reprit sa montée et disparut par une porte palière qui s'ouvrit sans qu'elle eût à la toucher : derrière cette porte, quelqu'un guettait son retour – un homme, peut-être même une enfant. Garance venait de marcher dans le sillage d'une femme heureuse, elle en était sûre et elle croyait à la contagion du bonheur. Elle resta au pied de l'escalier pour prolonger cet instant et s'en imprégner, mais déjà elle était avec sa sœur en pensée. Elle reprit sa marche. Du plus profond de leur adolescence, les deux filles avaient toujours passé leurs samedis ensemble, les terribles samedis soirs où la société prescrivait qu'on eût un mâle à exhiber et qui vous exhibât, il fallait *sortir* avec un garçon, n'importe lequel, pour prouver qu'on était normale. Malgré cette règle tacite, les samedis,

Garance s'occupait d'abord de son aînée, et l'éventuel petit ami passait en second, il en avait toujours été ainsi, même après qu'elles eurent quitté la maison familiale, Garance la première, puis sa sœur, atteinte de paralysie cérébrale et pour qui on avait « adapté » un appartement. Depuis son divan, elle demanderait : « C'est toi, ma sœur ? » Elle avait une jolie voix, qui ne s'abîmait pas. Garance aimait se faire appeler sœur. Elles jaseraient de tout et de rien en mangeant des plats du traiteur, elles parleraient de l'actualité, des guerres en cours, de musique, de l'Afrique peut-être, dont sa sœur rêvait. Après, elles regarderaient un film et seraient heureuses ensemble. Leur attachement mutuel compensait l'incapacité affective et la fatigue de leurs parents. Ils avaient fait pour le mieux, mais après la douleur d'avoir donné vie à un être difforme, ils avaient accueilli Garance, conçue par accident mais intacte, comme une consolation. Depuis toute jeune, elle sentait leur préférence peser sur elle et souffrait pour l'autre, l'enfant ratée ; elle était liée à ce corps aux mouvements erratiques et se faisait un devoir d'être harmonieuse pour deux. En fin de soirée, elle s'allongerait à son côté dans le lit, l'envelopperait de ses bras, et elles passeraient la nuit dans la chaleur de leurs deux corps soudés. Sa sœur était sa petite ombre familière, son inséparable.

L'autre fils

Félix Beaulieu freina devant François dans une parfaite maîtrise de ses patins. Il portait un élégant complet mais pas de casque. Ses cheveux châtain clair flottaient sur le col de sa chemise. Il posa sur le banc des sacs verts bien gonflés.

— Salut, beau-papa, dit-il. Je viens d'avoir un flash de scénario…

— Ah non, pas encore ! dit François.

Son gendre, qui était acteur, fourmillait d'idées de spectacles et de films, plus précisément de débuts de film. En dépit de la protestation de François, il se lança dans la description d'un long plan-séquence à tourner sur le Saint-Laurent à la hauteur de Longueuil. On y verrait des Hurons « d'époque » pagayant la hure au vent et devisant en langue huronne, et à l'arrière-plan, d'abord flou comme un mirage puis de plus en plus clair, le port de Montréal dans son état actuel avec ses paquebots, ses grues, ses amoncellements de ferraille et de sable. Au loin, les buildings… Comment tu trouves ça ?

— Qu'est-ce que tu fous avec tes sacs de vidanges ? répondit François.

— Je m'en vais chez toi faire mon lavage.

Ce matin, sa mère lui avait interdit l'accès à sa laveuse sous prétexte qu'elle recevait des amies pour le bridge, activité incompatible avec la lessive. Elle n'avait pas honte de lui, seulement elle commençait à trouver angoissante et bizarre cette manie d'un fils de trente-deux ans de prendre sa maison pour une buanderette. Elle se referme sur son petit univers et devient dure avec moi, conclut-il en toute mauvaise foi, heureusement que je vous ai, toi et Marité.

— Ça vous tente pas d'acheter une laveuse? suggéra François.

— On n'a pas le temps, voyons! Myriam travaille tout le temps.

— Et toi?

— Moi, je vis. Je magasine pas des électroménagers. Je lutte pour vivre et m'affirmer. Ça me bouffe mes journées.

Effectivement, alors que la carrière de Myriam avait démarré en flèche dès leur sortie de l'École de théâtre, celle de Félix allait beaucoup plus lentement, par des voies secondaires et souvent bien éloignées de son but ultime : jouer Richard III sur une grande scène et être aussi génial que Guy Nadon. Il n'avait ni l'âge ni encore le coffre du personnage, mais François, qui l'avait vu dans les spectacles de l'École, le considérait comme un solide jeune premier malheureusement sous-employé. Il semblait cependant à l'abri de la jalousie, car au lieu d'envier les succès de Myriam, il s'en réjouissait avec elle.

— Et ton audition d'hier? demanda François. Il venait de se rappeler que Félix était en lice pour un rôle de gorille dans une coproduction franco-canadienne.

— Je l'ai pas eu, répondit celui-ci dans un sourire.

Il ne se décourageait pas. La semaine prochaine, il allait traîner sa gueule éminemment plastique dans des auditions de pubs. Pas n'importe lesquelles, bien sûr, il ne faisait que des commerciaux « idéologiquement corrects », ce qui réduisait ses choix. Par ailleurs, il était plein d'astuces et de ressources. Depuis sa sortie de l'École, il avait coaché des acteurs, fait du théâtre amateur avec des « aînés », de la lecture pour une dame de Westmount entichée de littérature francophone, de l'impro pour un scénariste de la relève, du théâtre invisible avec le groupe de l'Éteignoir, des rôles principaux dans des moyens métrages pas encore distribués, la voix de Woody Allen dans une parodie de film de Woody Allen, il avait joué de la guitare dans le métro avec son ami Pablo, enseigné l'escrime, la diction, la rhétorique et la danse du pelvis, il avait été mascotte et bonimenteur au festival Juste pour rire, homme-tronc dans une performance de Garance Lemieux, il avait posé comme modèle, il posait encore pour payer sa part de loyer et, quand il avait du temps libre, il allait à la Magnétothèque enregistrer des livres sonores pour les aveugles. Le seul domaine auquel il n'avait jamais touché était la porno : ça ne l'allumait pas.

François admirait sa ténacité, son optimisme et sa belle assurance. Il reconnut au loin un ancien étudiant devenu vendeur ambulant de crème glacée, lui fit un signe de la main, pensa au talent gaspillé de ce jeune homme et perdit le fil de la conversation. Félix venait de lui poser une question, qu'il dut répéter : Pourquoi, l'autre jour, avait-il laissé entendre qu'il n'écrirait plus jamais de scénarios ? Son film avait pourtant eu du succès…

— Le seul film auquel je travaillerais, répondit François d'un ton un peu vif, serait construit avec des chutes d'autres films. Je récupérerais des plans, des séquences sacrifiées…

— Et t'en ferais un abominable cadavre exquis.

— Non ! Une histoire cohérente. Ce serait ça, le défi : signifier avec les images des autres.

— Comment tu te procurerais les chutes ? Ils doivent pas les donner.

— Pas besoin d'acheter du Jutra ou du Scorsese. La pellicule tchèque est sûrement dans mes moyens.

Ils continuèrent de divaguer sur ce ton badin, firent des plaisanteries de mauvais goût à propos du cinéma d'Europe de l'Est, ils se tapèrent sur les cuisses et se traitèrent de maudits fous. Félix, un peu moins fort, c'était tout de même avec son beau-père qu'il déconnait. Mais il n'avait pas à s'en faire car François adorait sa compagnie. Son fils Gabriel, qui travaillait pour Médecins sans frontières, était toujours en mission dans des coins saccagés de la planète, du genre Balkans, et il s'ennuyait de lui. Au fil des ans, il en était venu à considérer Félix comme un autre fils. Outre le cinéma, les deux hommes partageaient d'autres passions : le hockey, l'horticulture et Myriam. Notamment. François pouvait vanter sa fille pendant des heures, Félix l'approuvait en tout. Cependant, la pudeur l'empêchait de confier à son beau-père les détails de sa vie de couple et leurs conversations sur Myriam prenaient généralement la forme d'un monologue. Pour le hockey, c'était l'inverse : Félix montait sur la patinoire toutes les semaines, il était ailier droit dans l'équipe des anciens de l'École de théâtre. C'était donc lui qui parlait alors et François écoutait. Seule l'horticulture les mettait sur le même pied. François opérait en terre franche dans son jardin et Félix, en pots dans son solarium. Il clamait : « Le végétal pacifie ! Si tu es bon avec les plantes, tu seras pas trop dur avec toi-même et tolérant envers la race humaine. » François n'en était pas du tout sûr et il ne croyait pas qu'il faille nécessairement être tolérant envers la race humaine, mais il laissait à son gendre ses illusions.

Il y eut soudain une pause dans la conversation, un respir pendant lequel ils regardèrent les gens autour d'eux, embellis par le soleil qui éclatait sur la ville après une journée terne. Félix aussi est beau, se dit François, remarquable, et il l'imagina dans le rôle de Gabriel Dumont, dont il se mit à raconter l'histoire. Autant que Louis Riel, Dumont avait incarné la volonté de durer d'une nation ; Riel était la voix, Dumont, le stratège, l'homme de terrain, le guerrier. À mesure qu'il évoquait le contexte de la rébellion des Métis, l'amalgame entre Dumont et Félix s'opérait et son roman devenait un scénario. Il parla longtemps, s'emballant lui-même de son récit.

— Dumont était un perdant, fit remarquer Félix.

— Oui ! J'en ai ras-le-bol de cette société qui porte aux nues les gagnants et stigmatise les autres.

— C'est pas ce qu'on a toujours fait ?

— Toujours. On dit que la compétition est saine ! Comme s'il fallait absolument éliminer tous les autres pour s'affirmer et briller, seul sur une montagne de rivaux éventrés ! Je déteste les concours !

— Se pourrait-il que t'aies pas d'ambition ? demanda Félix en scrutant François comme un objet de curiosité.

— Je n'en ai pas, dit doucement celui-ci. C'est ce qui m'a permis de me tenir debout et de ne m'incliner que pour cultiver mon jardin loin des chicanes de chapelles…

Il s'interrompit ; le jeune père qu'il avait remarqué l'autre jour – l'homme à la fillette – était devant eux. Il dit : « Salut, Félix ! » « Salut, Dagenais », répondit Félix sans aucun enthousiasme. L'homme hésita, puis comprenant que la conversation n'irait pas plus loin, il sourit à François et s'éloigna, tenant toujours sa fillette par la main.

— Tu le connais ! dit François. Il a fait l'École de théâtre avec toi ?

Non, c'était pire : Vincent Dagenais avait été élevé en face de chez lui à Laval dans un bungalow identique au sien mais négligé. Pendant toute son enfance, il avait eu dans la face le grand niaiseux de Dagenais et ça semblait devoir continuer : Myriam venait d'apprendre qu'il serait sur le même tournage qu'elle, cet été. Il était caméraman.

— Niaiseux ? Il a l'air de se débrouiller plutôt bien avec sa fille.

— Sa nièce. Pas sa fille. Avant qu'il ait un enfant à lui, ça va prendre un bon bout de temps.

— Pourquoi ? Il est homosexuel ?

— Il garde pas ses blondes... Pour faire un petit, faut d'abord avoir une blonde.

François perçut une curieuse intonation dans la voix de Félix, mais il n'eut pas le temps d'identifier le sentiment qu'elle traduisait, car Elvire arriva avec une poussette chargée de poussinots. Un grand de quatre ans, juché sur le marchepied, courut vers Félix dans l'intention de l'escalader. Celui-ci retira galamment ses sacs pour faire place à Elvire, prit le petit dans ses bras et esquissa quelques boucles en forme de huit. L'enfant gloussa de plaisir.

— C'est ça, dit Elvire à son petit-fils, profite de tonton Félix ! Essaie de l'épuiser.

Elle appréciait beaucoup Félix ; dimanche dernier, lors du brunch qui les réunissait tous chez François et Marité, il avait inventé la marionnette croque-moi-l'oreille, puis son nez s'était transformé en mufle de dragon, à la grande joie des enfants de la tribu, jamais rassasiés. Déjà, il entraînait celui-ci dans l'allée pour jouer non seulement le dragon, mais d'autres personnages, comme la grue à paillettes et madame Brodeur, sa préférée, après quoi il tint l'enfant par les mains, lui fit exécuter plusieurs culbutes, puis l'oiseau-rat, et revint vers les adultes en déclarant que madame Brodeur devait rentrer chez elle où son dragon de mari l'attendait avec une brique, un fanal et un gros cigare explosif, madame Brodeur était pressée, elle repasserait. Il ramassa ses sacs, fit un tata général et fila en lançant à Elvire :

— Au fait, je préférerais qu'on ne m'appelât pas tonton.

Elvire hocha la tête d'un air ambigu. Elle n'avait pas l'intention de cesser son manège, car lui l'appelait *abuela,* ce qui signifiait littéralement aïeule et lui donnait l'impression d'avoir 128 ans. « Qu'est-ce qu'il me voulait, donc ? se demanda François. Rien de particulier, seulement jaser avec moi. Il m'aime ! »

— T'as ton sourire des jours heureux, dit Elvire.

Madame Pesant

Garance manqua de justesse l'autobus qui descendait dans le bas de la ville. Il faisait bon, c'est-à-dire chaud – ce mois de juin ressemblait au plein été – et elle profita de l'attente pour se délier les articulations de façon si subtile que personne dans la file qui se dessina bientôt derrière elle ne s'en aperçut.

Elle était d'excellente humeur. Elle se réveillait toujours bien disposée, pleine d'espoir en quelque sorte. Comme la Winnie de Beckett, le matin, elle s'exclamait : « Oh, le beau jour ! » Et c'était un beau jour pendant tout le déjeuner. Mais la dernière gorgée de café avalée, ses angoisses de la veille lui revenaient. Elle les tenait en laisse en se posant des questions à voix haute : « Quoi maintenant ? Qui ? Vers qui vais-je aller sans le savoir ? Qui viendra vers moi ? Vais-je rencontrer quelqu'un ou errer, seule parmi les autres esseulés, dans le désert montréalais ? » Et cetera. Parfois, aucune question à formuler, et une belle journée tracée d'avance comme celle d'aujourd'hui ; elle devait rendre visite à madame Pesant, « l'aînée » avec laquelle l'organisme caritatif Les Petits Frères des pauvres l'avait jumelée. Elle n'aurait rien de spécial à faire chez madame Pesant, seulement lui tenir compagnie quelques heures pour l'empêcher de mourir d'ennui.

L'autobus s'immobilisa devant Garance au moment où elle en était rendue à la dix-huitième rotation de sa cheville droite et bien loin dans sa tête en compagnie d'un ancien amant qu'elle avait surnommé Brutus. Elle se faufila jusqu'à la plate-forme arrière pour avoir une vue d'ensemble sur la cargaison humaine. Les couples et les familles exhibaient sans vergogne leur bonheur d'exister ensemble. Quant aux solitaires, la plupart avaient de quoi ignorer le lieu et les gens qui les entouraient : cellulaire, livre, journal ou baladeur dont la musique muette les agitait, légers frémissements de la tête et des doigts, chacun selon son rythme. Sur la banquette latérale, trois jeunes Portugaises tenaient une conversation animée. Leur chuintement coulait comme une mélodie et tout en elles, mimiques, rires, gestes, menus rapprochements dus à l'empathie, était harmonieux. La variété des êtres humains ne cessait pas d'enchanter Garance. À partir de deux seuls modèles – mâle ou femelle –, toutes ces combinaisons dans la morphologie et ces nuances de la peau et de la voix ! Et les tenues corporelles ! Si peu naturelles. Toujours marquées par les codes sociaux et le travail ; les vieux avaient leur métier dans le corps et les jeunes, leurs désirs. Sa prochaine performance montrerait de telles empreintes. L'événement aurait lieu dans une fontaine, à la fin de l'été, par un jour de grande chaleur. Le titre provisoire était *La lessive et l'ordre social...* Il y eut soudainement une coupure dans sa rêverie : son regard venait de tomber sur une femme portant le hidjab. La vue de ce morceau de tissu emprisonnant une tête la plongeait toujours dans un état de stupeur. Elle ne voulait pas mettre de mots sur les sentiments qui l'assaillaient alors, mais elle connaissait bien les manifestations physiologiques les accompagnant : son pouls s'accélérait et une main intérieure lui broyait les viscères. Elle se sentait déstabilisée comme d'autres l'eussent été en voyant quelqu'un se masturber sur un banc public. Elle connaissait les arguments et explications de certaines musulmanes en faveur du port du voile, et elle les trouvait tous fallacieux. Elle descendit de l'autobus deux arrêts trop tôt et marcha jusqu'au métro pour prendre la direction Angrignon jusqu'à Charlevoix.

*

Madame Pesant ne fermait pas sa porte à clé ; elle craignait de ne pas pouvoir s'échapper en cas d'incendie. Elle se déplaçait lentement en prenant appui aux meubles. L'arthrose lui avait déformé le dos et les membres et ses yeux étaient délavés. La seule chose qui lui restait d'intacte était sa peau blanche, à peine tavelée.

Son étroit salon sentait la tristesse. Garance y passa près de trois heures à jouer aux cartes en buvant du thé trop faible et de mauvaise qualité. En arrivant, elle avait voulu mettre de l'ordre dans la cuisine, mais, de sa voix un peu geignarde, madame Pesant l'avait suppliée de ne toucher à rien, elle avait tout son temps pour nettoyer et si peu d'occasions de jouer au Richelieu-à-claques. Garance accompagna donc son « aînée » dans une interminable partie. Entre chaque brassée, madame Pesant donnait de ses nouvelles en courtes phrases émaillées du nom du docteur Gillmore et de noms de médicaments. L'actualité – et le monde extérieur en général – ne semblaient pas l'atteindre. Du passé, elle n'évoquait que son enfance dans le quartier, à quelques coins de rue de là. Après, rien. Sauf l'usine de munitions pendant la Grande Guerre. Elle avait – ou avait eu – une fille. Garance n'était jamais parvenue à savoir si cette enfant habitait à l'étranger, si elle était morte, internée ou tout simplement brouillée avec sa mère. Il n'y avait aucune photo de famille dans le salon, mais beaucoup d'images pieuses, notamment un « portrait » de Jésus portant son cœur par-dessus sa robe et un autre de sa maman, la Vierge Marie, dans la fleur de l'âge.

Quand madame Pesant croyait avoir gagné la partie, deux petits points rouges apparaissaient sur le haut de ses pommettes et Garance savait alors qu'elle était heureuse : gagner aux cartes constituait, pour la vieille femme, la forme la plus aiguë du bonheur.

— Claque, tape et tapette, annonça-t-elle avant d'abattre les deux jokers, les rois et le valet de pique.

Garance lui concéda la victoire avec soulagement ; elle détestait tous les jeux de table. Elle dit :

— Vous n'avez pas chaud ? On étouffe ici.

— C'est l'été, répondit madame Pesant, résignée.

Garance dénicha les moustiquaires qu'elle avait rangées l'automne précédent et les installa.

— Vous êtes fine ! commenta madame Pesant.

Elle s'était levée pour rapporter sa tasse à la cuisine. Doucement, Garance la lui ôta des mains et l'accompagna jusqu'à la chaise la plus proche. Elle lava la vaisselle, mit un plat congelé dans le four micro-ondes pour le repas du soir, embrassa madame Pesant sur les joues et prit congé d'elle jusqu'à la semaine suivante.

*

À sa toute première visite, une fois la porte fermée, elle s'était effondrée dans l'escalier intérieur et elle avait pleuré. Depuis, Les Petits Frères des pauvres lui avaient appris comment transformer son accablement en compassion et sa pitié en action. Mais elle avait encore besoin de cette pause dans l'escalier, le temps de se ressaisir avant de retourner dans le monde des vivants. Son cellulaire vibra. C'était Dave. Il l'attendait à l'atelier et avait un urgent besoin de violine, de ferrique et de cire, pouvait-elle passer en prendre au Pinceau fou ? Elle s'abstint de dire « Pourquoi tu y vas pas toi-même ? » car Dave était « barré » au Pinceau fou. Il voulait aussi un *smoked meat* sans moutarde et une *spruce beer*, s'il te plaît, *dear*. Elle rangea le cellulaire et déplia le foulard qui séjournait depuis des semaines dans son sac à main. Son amie Aïcha lui avait montré comment le draper pour bien camoufler ses cheveux. Elle l'avait mis une fois déjà, en dehors de son quartier. Le trajet jusqu'à l'atelier serait excellent pour une seconde expérimentation. Vu la prolifération des hidjabs dans la ville, vu sa réaction de type allergique à ce vêtement et, surtout, vu le sentiment de culpabilité accompagnant cette réaction, elle avait décidé d'aborder le problème de l'intérieur : elle saurait ce que porter le voile impliquait, comment on se sent ainsi affublée, qui vous regarde, qui vous ignore. Seuls Aïcha et François étaient au courant de l'expérience hidjab.

Ce soir-là, en entrant chez elle, elle envoya à François un courriel se terminant par la remarque suivante : « La crainte – ou l'interdiction – d'être vue en public repose sur la conviction que la femme est une proie et l'homme, son prédateur. Elle est une marchandise à bouffer chez soi, en famille. Ça m'écœure. »

« Chère adorable Garance ! » se dit François. Il remit cependant à plus tard sa réponse au courriel pour se concentrer sur le texte qu'il avait promis la veille à Félix : un monologue – pas trop littéraire – pour un récital automnal intitulé *Rage et tapage*. Bizarrement, rien ne lui venait.

Les chaises de Michel Goulet

Quand Félix rentra chez lui, le soleil se couchait au bout de la rue et la chaleur montait de l'asphalte. Il avait passé l'après-midi dans une salle de répétition non climatisée à suer sur le texte d'un ami, qu'un autre ami voulait soumettre en prélecture à la Régie des sparages scéniques. Les juges de la Régie étaient imprévisibles et pointilleux, mais lorsqu'ils s'entichaient d'une œuvre, l'équipe qui la défendait gagnait une soirée de gloire sur une scène montréalaise et courait la chance d'être en lice pour la grande tournée européenne. Félix avait accepté de participer au projet parce qu'on ne sait jamais de quel côté soufflera le vent, et puis mieux vaut jouer pour un cachet ridicule que de ne pas jouer du tout. Il avait donc planché sur une pièce étrangement ponctuée de coups de klaxons et de meuglements, et maintenant il avait très soif.

Il grimpa l'escalier et courut boire à même le robinet l'eau fortement chlorée de la ville. Comme tous les soirs, les voisins écoutaient *leur* disque de Pagliaro : tout était normal. Il vida la boîte vocale et n'y trouva rien qui lui fût adressé. Un peu déçu, il parcourut les courriels : son homonyme lui refilait un horaire de répétition reçu par erreur. Heureusement que cet autre Félix Beaulieu était sympathique ! Sorti deux ans plus tôt de l'École de théâtre, l'autre lui avait téléphoné au sujet de leur problème d'homonymie. Ils en avaient discuté devant un verre de pimbina. «Je sais bien que tu étais dans le métier avant moi, avait dit l'autre, qui s'appelait Beaulieu Duchesneau, mais je peux vraiment pas changer mon nom, mes parents en mourraient... » « On a le même genre de parents, avait dit Félix. J'ai pensé utiliser le patronyme de ma mère mais elle s'appelle Deschesnes, figure-toi ! » Duchesneau avait trouvé ce hasard savoureux. Mais que faire ? Se donner des numéros ? Stupide. Des lettres désignant des prénoms fictifs ? Tout aussi stupide, car dans la plupart des alphabets indo-européens, l'alpha précéderait toujours l'oméga. Finalement, ils avaient opté pour des surnoms totémiques accolés à leur nom, ce qui donna Félix Beaulieu-Duchesneau, OÉ (orignal épormyable) et Félix Beaulieu, CH (carcajou herméneute). Contents de leur entourloupette, ils avaient commandé d'autres pimbinas et s'étaient promis de faire un show ensemble un de ces jours. Mais Orignal est toujours occupé, pensa Félix, il faudrait que je prenne l'initiative de ce projet et me mette à nous chercher un texte. En attendant, il décapsula une bière, caressa le chat et fit le tour des plantes, qu'il arrosait avec une eau décantée, complètement débarrassée des effluves du chlore municipal parce que recueillie à l'avance. Il constata que le cattleya mauve avait l'intention de fleurir. Réjoui, il sortit boire sa bière sur le balcon.

Myriam était en bas, avec Vincent Dagenais. Appuyés à la clôture du parterre, ils lui tournaient le dos. Leurs mains, posées sur le fer forgé de la clôture, semblaient se frôler. À cause de Pagliaro, Félix n'entendait pas leur conversation. Plus il les observait, plus il leur trouvait un air louche et déplacé. Comme s'il eût senti sa présence, Vincent se retourna et lui sourit du bout des lèvres. Myriam pivota sur elle-même et cria Bonsoir, Félix ! Celui-ci descendit les rejoindre, mais il n'avait pas franchi la moitié de l'escalier que Vincent lança « Salut, Myriam, à demain ! » et partit à grandes enjambées.

— Qu'est-ce qu'il te voulait ? demanda Félix.

— Rien.

Elle l'embrassa.

— Qu'est-ce qu'il voulait ?

— Mais rien ! Il m'a donné un lift.

— Il te drague…

Étonnée – et légèrement agacée –, Myriam répondit que si Vincent Dagenais l'avait draguée, elle s'en serait rendu compte. Et qu'est-ce que ça pouvait faire ! Serais-tu jaloux, chéri ? Félix ne dit rien. Myriam monta l'escalier en se déhanchant sur la musique, histoire de commenter l'envahissement sonore qu'ils subissaient quotidiennement. Sur la marche palière, elle sentit ses mains lui entourer la taille et l'entendit murmurer dans son cou :

— Je t'aime, Myriam.

Elle sourit. Il ne la vit pas sourire. Il l'encercla de ses bras et la serra contre lui. Ils restèrent ainsi un moment. Elle aimait qu'il la prenne dans ses bras, qu'il la prenne, dans toutes les positions. Il avait de grandes mains caressantes et une bouche goulue. Il la tira vers lui et son étreinte se fit de plus en plus forte. Le souvenir d'un roman de Mary Wesmacott lui traversa l'esprit : *Le poids de l'amour.* Le titre d'origine était *The Burden.* Le fardeau. « C'est faux, pensa-t-elle, l'amour n'est pas un fardeau. » Puis elle s'écria : « J'allais oublier mes parents ! » Eux aussi l'aimaient, et ils partaient le lendemain à l'île Verte pour leur mois de vacances annuelles. Il fallait qu'elle leur téléphone, s'il te plaît, Félix, laisse-moi prendre mon cellulaire, laisse-moi !

*

Myriam ne rejoignit aucun de ses deux parents; Marité passait la soirée chez Elvire, et François avec Jean-Jacques Tibodo.

Les deux hommes soupaient au Repaire de la chèvre épilée, un restaurant-terrasse installé sur le toit de l'édifice Rosenbaum et offrant une vue magnifique sur le fleuve. L'endroit était clinquant, la cuisine excellente, et Tibodo prétendait adorer les femmes qu'on y rencontrait, des femmes très apprêtées et « dispendieuses ».

Dès l'apéro, il annonça la fin de sa carrière d'essayiste. Il avait peu écrit et ce peu contenait le meilleur de ce qu'il avait à dire. S'il persistait à publier, fatalement, il ne pourrait que se répéter. C'était donc par mansuétude envers l'humanité lisante qu'il se contiendrait désormais et se contenterait du rôle de voyeur. Il voulait « profiter » des quelques années qui lui restaient. François refréna un sourire; à soixante-treize ans, le père Tibodo était en bonne santé, de même que sa prostate un tant soit peu cancéreuse, qu'il ne considérait pas vraiment comme une partie de lui-même. Il apprenait l'arabe. Savait déjà prononcer le mot prostate, le mot rose, le mot volupté et plusieurs mots-clés des poèmes de Jalāl al-Dīn Rūmī. Il songeait à se rendre en Irak – qu'il appelait la Mésopotamie pour faire moins sinistre.

— Pourquoi pas le Maroc? La zone est plus calme.

— C'est en Palestine que j'irai! Là où ça fait mal. Pour comprendre. Tu comprends? Là où ça chie.

« Chère vieille chose! se dit François, je n'ai plus que lui dans son genre; à la fois pleutre et matamore, et toujours généreux de ses conseils. » De fait, Tibodo, qui adorait discuter « matériau textuel », s'enquit de l'avancement des travaux de plume de François. Celui-ci n'avait pas de problème majeur avec le roman sur Gabriel Dumont, il tenait le récit bien en mains, mais son essai sur l'échec, encore au stade embryonnaire, lui donnait du fil à retordre. Son éditeur le trouvait téméraire d'aborder un tel sujet et refusait que le mot échec apparût dans le titre, alléguant que c'était peu vendeur.

— Il se goure, dit Tibodo, il n'a aucun flair ! Des tas de gens vont flipper à ce mot-là et ton lectorat en sera agrandi.

— Peut-être. Mais le corpus est tellement vaste que je me sens comme une poule en train de pondre un œuf d'autruche. À cette évocation, François se vit en grosse poule bleu marine dans sa robe de chambre d'hiver.

— Fais attention, susurra Tibodo, si tu vises trop haut, le postérieur va t'éclater.

— C'est mieux que d'imploser – mimique perplexe de Tibodo – tu sais, quand le cœur t'implose…

Non, Tibodo ne savait pas. Plus familier avec la région du postérieur qu'avec celle du cœur, il piqua du nez dans son assiette et goba le magret de canard qui l'y attendait sur un lit de fenouil. Son plat bien torché, il fit remarquer que dans les bides littéraires aussi bien que dans les succès intervenaient la morale d'une époque, les goûts, les modes, la censure, le pouvoir des élites et des médias, notamment.

— Exact, dit François. Justement, il voulait traiter de ces questions, du rapport des créateurs à leur réussite et à leurs échecs, fouiller des comportements et des situations extrêmes : les suicides artistiques, la résilience de Van Gogh, celle de Pessoa, le refus des honneurs et des prix, les leurres de la gloire, le naufrage de l'oubli. Il parlerait des *nominés* non gagnants, des recalés, des mal-aimés, des obscurs…

— Des Gabriel Dumont.

— Oui. Mais dans un roman, tu dois ramasser ton propos autour de quelques personnages, des cas d'espèce, forcément. Cette fois-ci, il me faut plus d'espace pour donner une vision nuancée, j'ai le goût d'établir une typologie des perdants. J'irais de Mouloudji, qui a traversé un purgatoire de dix ans après avoir chanté *Le déserteur* en pleine guerre d'Algérie, jusqu'aux Incas conquis par Pizarro…

— On dirait que tu entreprends un doctorat d'État ! L'univers de la foirade est vaste, j'en conviens, mais es-tu sûr de vouloir en faire le tour ? Et pourquoi maintenant ?

— Parce que j'en suis sorti ! Maintenant, je peux parler de l'échec.

Tibodo leva les yeux au ciel et grogna. Ce qui signifiait : « Ne recommence pas, Ladouceur, jamais je n'entrerai dans ton délire. » Il ne prenait pas au sérieux le complexe d'imposteur de François ; il lui semblait impossible qu'un écrivain ménagé par la critique et bien coté puisse avoir si peu confiance en lui-même.

Il attaqua son dessert : une mousse de gadelles sur coulis de fleurs d'amélanchier, arrosée d'une émulsion d'huile essentielle de genièvre. Ça se laissait manger, mais les femmes des tables voisines le décevaient, elles étaient du type planches à repasser ou alors complètement refaites et, avec cette mode des vêtements ultramoulants, on en voyait presque trop. Restait le Saint-Laurent et son « chant profond », et devant ce fleuve, François Ladouceur, son collègue préféré, qui parlait en gesticulant. L'œil enflammé, il vantait les résistants de la trempe d'Antonio, lequel avait perdu un enfant, son pays, sa femme, son métier de toubib mais s'était refait une vie ici…

— Tu l'admires ! coupa Tibodo. Je ne comprends pas comment on peut fréquenter quelqu'un qui n'a jamais lu Rimbaud ni même Octavio Paz. Il est quasiment inculte.

— T'es tellement snob, Jean-Jacques ! Antonio doit se demander ce que je brette avec toi.

— Moi aussi, tu m'as toujours admiré, avoue-le !

— Puisque tu le dis, mon gros chéri…

Tibodo se racla la gorge et tenta de rire pour camoufler sa gêne et sa perplexité. Il commençait à comprendre qu'il avait passé sa vie à n'échanger qu'avec des collègues et des étudiants ; il n'avait toujours entendu qu'un seul discours, celui qui le confortait dans ses certitudes, et il ne connaissait ni ouvriers, ni pauvres, ni analphabètes, ni même un Chinois. Il n'avait pas eu, comme François, le bonheur d'amitiés incandescentes. Suivant le fil de sa pensée, il voulut savoir où en étaient les *Carnets* de Maryse O'Sullivan. François lui répondit évasivement. La préparation des *Carnets* était une chose tellement intime qu'il ne la partageait qu'avec Marité ; jamais celle-ci ne s'était immiscée dans son travail d'écrivain, mais pour clore le dossier Maryse, c'est elle et elle seule qu'il consultait. Tibodo comprit qu'il devrait rester sur son appétit. Il n'insista pas et leurs préoccupations politiques refirent surface ; ils se mirent à parler de ce que François appelait les « guerres vives », celles qui tuaient actuellement, au moment même où ils se prélassaient sur cette terrasse, repus, riches et calmes, j'te dis, on est des petits bourgeois merdeux, mon pote, et nos éclairs de lucidité ne changent rien au marasme mondial. Une bonne conversation déculpabilisante, à regarder le fleuve et le ciel changer de couleur à mesure que le soleil déclinait.

Ils s'attardèrent au bas de la tour Rosenbaum. Peu pressé de rentrer chez lui, Tibodo cherchait des prétextes pour retenir François. Une femme superbe passa et se perdit dans la foule.

— À propos, dit-il, la petite Garance, tu la vois encore?

— Pourquoi est-ce que je la verrais? Sa thèse n'avance pas.

— Ah bon…

Ils firent un bout de chemin ensemble sur la rue Sainte-Catherine envahie par les festivaliers puis finalement ils se dirent adieu pour un mois.

François aimait l'été montréalais humide et bruyant. Il remonta chez lui à pied en ressassant les commentaires de Tibodo sur son essai. Jean-Jacques avait raison, il ratissait trop large. Cela décanterait pendant les vacances et au retour il saurait quels aspects sacrifier… Il s'arrêta, légèrement essoufflé; perdu dans ses pensées, il avait gravi la côte Saint-Denis sans la voir et tourné sur la rue Cherrier. Il était rendu à l'orée du parc Lafontaine, sombre de ce point de vue. Il prit le trottoir qui le bordait puis obliqua vers le belvédère où les chaises de Michel Goulet étaient installées à demeure, soudées dans le ciment. Deux adolescents s'amusaient à sauter de l'une à l'autre. Ils partirent. François fit courir sa main sur la table d'orientation de bronze reproduisant en relief la topographie du parc, puis il se dirigea vers sa chaise préférée, celle sous laquelle semblaient avoir été abandonnées de vieilles espadrilles. Il sourit de satisfaction : il était assis sur un authentique succès, une œuvre reconnue mondialement, réussie et aimée. Le sculpteur avait disposé six chaises en rangée courbe, ouverte vers le paysage pour inviter à la contemplation plutôt qu'à la parole. François imagina un dialogue muet avec ses amis : sur la chaise au livre, Tibodo, Antonio sur celle au ballon de soccer, sur la quatrième, Laurent, le veuf de Maryse. Une autre amitié que le prof Tibodo regardait du haut de son mépris jaloux. Laurent avait perdu son allant et sa superbe d'autrefois – la mort de Maryse l'avait cassé, et c'était une raison supplémentaire pour ne pas le larguer. Il restait deux chaises. Sur la cinquième apparut tout naturellement Elvire ; elle était maintenant son *ami* le plus cher. Et la dernière chaise, qui l'occuperait ? Maryse ? « Maryse est morte », dirait doucement Elvire. Mieux valait laisser cette place vide, comme autrefois, dans les maisons de campagne, le banc du quêteux. Un autre Montréalais pourrait l'occuper, un inconnu qu'ils accueilleraient dans leur cercle, et Elvire se tournerait vers lui avec naturel. Il ne l'avait pas vue aujourd'hui, il n'était pas venu au parc. Il n'avait pas vu non plus l'homme à l'enfant. Depuis qu'il connaissait le statut de la fillette, nièce plutôt que fille, son intérêt pour Vincent Dagenais grandissait. Il se demanda pourquoi un homme, jeune et sollicité par son métier, prenait soin de l'enfant de sa sœur. D'entrée de jeu, il exclut l'hypothèse de la pédophilie et celle de l'inceste. La conduite du jeune homme devait plutôt s'expliquer par une carence affective ; son père l'avait ignoré ou rejeté. Et sans doute aussi Dagenais aimait-il sa nièce. Peut-être avait-il hâte d'avoir des enfants, les hommes affichaient maintenant ce désir. Une image que François avait découverte le matin même parmi des photos de presse lui revint à l'esprit. On y voyait des garçons se baigner, nus, dans une rivière. La scène évoquait la campagne, et pourtant le bas de vignette disait : *Frank Sutcliffe. Whitby, Yorkshire, fin des années 1870.* Comme la plupart des clichés de Sutcliffe, celui-ci avait été pris en pleine ville, d'ailleurs l'ombre des maisons riveraines se dessinait à l'arrière-plan. Au premier, quelques garçons assis dans une barque, un petit pleurait, la tête enfouie dans ses mains et un grand l'entourait de ses bras. Cette figure de compassion se calquait parfaitement sur celle de Vincent Dagenais avec sa nièce. Les deux images se juxtaposèrent et François sut qu'il tenait le cœur du monologue promis à Félix : Dagenais serait un des personnages de la photo, celui qui pleurait. Il serait né au Québec dans les années 1970, dans une commune, il s'appellerait Arnaud et, comme sur le cliché, son drame d'enfant se déroulerait dans une barque. Ce serait une histoire d'eau, d'hommes, de pêche peut-être… François se leva, enthousiasmé par sa trouvaille. Il emporterait la photo à l'île Verte et écrirait le monologue pendant les vacances – une toute petite entorse à son entente avec Marité. Il eut hâte de la retrouver, en train de faire ses valises ou assise au jardin avec Elvire, à jaser dans la fraîcheur enfin tombée. Elle aurait la peau tiède.

La chantepleure

La directrice du RASI, le Regroupement des artistes socialement inquiets, avait découvert Garance Lemieux l'hiver d'avant en voyant sa performance intitulée *La chantepleure.* Ayant reconnu dans ce spectacle une parenté indéniable avec les préoccupations des membres de sa coalition, elle avait invité Garance à participer au Jour des exclus en rejouant *La chantepleure.*

C'était par un dimanche de juillet très chaud, sur la place Émilie-Gamelin, émaillée d'itinérants, de squeegees, de punks, de travailleurs de rue, de curieux, d'artistes, de sympathisants du RASI et d'égarés du festival Juste pour rire qui sévissait à quelques rues de là. Situation inhabituelle et négociée par le RASI, on ne voyait aucun policier sur le site – ils se tenaient à l'affût dans les parages – et personne ne déplorait leur absence, car les « exclus », encadrés par des bénévoles aguerris, avaient la réjouissance pondérée. Un invectiveur public venait de terminer un long prêche anarchiste et repartait, son escabeau sous le bras.

Caméra au repos, Vincent Dagenais but une rasade d'eau Perrier et redonna la bouteille à l'ami Dorgelais, qui l'avait supplié de lui consacrer son unique journée libre de l'été pour faire les images d'un documentaire sur le RASI et, du même coup, investir son cachet dans la production. Demande et condition que Vincent avait acceptées de bon cœur : vivant de son métier, il pouvait se passer d'un cachet symbolique, il voulait travailler avec Dorgelais et puis, à ses heures, il était lui-même socialement inquiet. « Le prochain numéro se déroule sur la scène principale », dit Dorgelais. Vincent et le preneur de son s'y dirigèrent.

En coulisse, Garance attendait son tour, un peu nerveuse à l'idée de reprendre une œuvre par essence éphémère et devant un public inhabituel. Aux premiers accords de violoncelle, elle roula sur la scène, enveloppée dans de longs tissus savamment salis. Vincent épaula sa caméra.

La performance montrait une jeune sans-abri enceinte et seule sur un bout de trottoir. La sans-abri émergeait d'un sac de couchage, se piquait, quêtait, le ventre bien en évidence, se recouchait, se relevait, se repiquait, accouchait, piquait son nouveau-né vagissant et le déposait avec tendresse dans une poubelle. Le bébé n'était qu'un morceau de chiffon, mais plusieurs spectateurs s'éloignèrent, gênés ou offusqués. Ou dégoûtés.

— Décapant, dit Dorgelais, décapant !

C'est seulement sa prestation terminée, en ramassant ses choses avec Labrèche, sa régisseure, que Garance prit conscience d'une caméra braquée sur elle.

— T'as été filmée au complet, lui dit Labrèche. Personne nous a prévenues d'une captation. Qu'est-ce qu'on fait ?

— Je m'en occupe, répondit Garance.

Curieuse plutôt que vexée, elle sauta en bas de l'estrade et fonça vers le caméraman. Quand elle fut trop près de l'objectif, Vincent abaissa sa caméra et Garance s'arrêta pile : cet homme était beau comme un arbre oublié au milieu d'un site d'enfouissement. Tout disparut autour d'eux, la place, le murmure des fontaines, les cris, les figures ravagées et les regards fixes. Garance ne vit plus que cet homme qui lui souriait timidement et elle sut qu'elle allait l'aimer sans merci et sans trêve. Elle n'eut pas le temps de se dire « je vais encore souffrir », elle était déjà subjuguée et ravie de l'être.

Le coup fut réciproque. En ce sens que Vincent éprouva le désir de faire l'amour avec cette femme qu'il avait tenue dans sa mire et dont la prestation l'avait touché. Il dit : « C'est bon, ce que vous faites... ça dérange. » Garance balbutia quelque chose, et peu à peu, le décor se redessina. Elle entendit en sourdine les commentaires de spectateurs : son numéro était trop proche du vécu des « exclus », disaient certains, il fallait plutôt les divertir. Quelqu'un cria : « L'art, c'est pas juss pour les riches ! » On lui répondit, et une discussion s'engagea.

— Prends ces images-là, ordonna Dorgelais à Vincent.

Le caméraman se remit à filmer. Garance n'avait aucune excuse pour s'attarder auprès de lui plutôt que d'aller boire un verre avec Labrèche et des amis venus l'encourager, mais elle ne partait pas. Dorgelais lui glissa sa carte d'un air entendu :

— J'ai beaucoup aimé ton show, mademoiselle Lemieux. Beaucoup. Je suis le réalisateur du film sur le RASI. Téléphone-moi, ça me fera plaisir de te montrer les rushes.

*

Vincent oublia Garance dès qu'il revit Myriam le lendemain, sur le plateau de tournage. Elle était de la plupart des séquences et il pensait à elle jour et nuit.

*

Garance laissa passer une semaine avant d'envoyer un courriel à Dorgelais, qui lui répondit illico. Il avait senti son attirance envers Vincent et se savait moins avantagé par la nature que celui-ci, mais il se disait qu'un gars « a le droit de s'essayer ». Dès qu'il eut mis la patte sur un local, il invita Garance à un visionnement. Elle s'y rendit. Le caméraman n'y était pas et elle ne savait même pas son nom. Elle manifesta beaucoup d'enthousiasme pour le film : d'un matériau pauvre et dur, ils avaient tiré des images presque tendres, témoignant d'une réelle intelligence des intentions du RASI. Elle fit plusieurs remarques de ce type et, à sa façon de toujours revenir à la qualité du travail de Vincent, Dorgelais comprit qu'il n'avait aucune chance auprès d'elle. Bon prince, il lui fila les coordonnées de ce caméraman si doué.

Après plusieurs brouillons, Garance fut satisfaite de son mot de remerciement à Vincent et elle le lui envoya. Vincent la remercia de le remercier et, de courriel en courriel, ils se retrouvèrent devant un café.

Ils se découvrirent des goûts similaires, la même vision de l'art et des préoccupations sociales communes. La même exaspération face à l'hypocrisie. Par exemple, on chassait les itinérants de l'espace public dès que la culture et la richesse s'y pointaient, on les refoulait à l'extérieur des zones réservées aux citoyens ayant des vêtements neufs sur le dos et de l'argent plein les poches ; l'itinérant était obscène, il fallait le cacher. Pourtant, cette société, la société nord-américaine, accordait peu d'importance à la beauté des paysages, le mot était suspect et rarement usité, il n'y avait pas ici d'éducation du regard et personne ne s'en inquiétait, sauf eux… Ils se sourirent, conscients d'exagérer. Bon, d'accord, ils étaient sûrement quelques-uns à se préoccuper de ces questions. Garance voulut savoir à quoi il travaillait à ce moment-là. *Trépanation*, dit-il, le titre était provisoire, un film de guerre avec dames, chasse à courre dans la forêt laurentienne, hallali, amours syncopées et anticipations oniriques. Rire de Garance. Vincent eut conscience de jouir non seulement de leur échange, mais aussi de sa beauté altière. Il n'avait pas pensé à Myriam depuis son entrée dans le café, cette femme assise en face de lui et dont il flairait le parfum avait le pouvoir de le distraire de Myriam ; pendant qu'ils parlaient d'art et de détresse humaine, une petite flamme taquine sautillait entre eux. Garance lui dessinait maintenant les grandes lignes de sa prochaine performance. Elle lui demanda à brûle-pourpoint s'il accepterait de la filmer, elle avait de quoi payer la pellicule, le labo et tout. La proposition le désarçonna.

— Tu pourras faire le film que tu veux, dit-elle, je ne connais pas grand-chose au cinéma – c'était une demi-vérité.

— Ça me plairait, mais tout mon temps est pris…

— Même la fête du Travail ?

Ah. C'était loin. En principe, le tournage principal de *Trépanation* serait alors terminé et ils attendraient le mois d'octobre pour les séquences de chasse. Il allait vérifier son horaire et la tenir au courant. Il avait beaucoup aimé la filmer…

En se quittant, ils se donnèrent l'accolade d'usage dans leur milieu – une amorce de baiser sur chaque joue – sans hésitation, ni faux mouvements.

*

Les jours suivants furent de beaux jours pour Garance. Elle se rejoua leur rencontre au café, leur conversation, les gestes de Vincent, les avancées involontaires de ses mains au-dessus de la table : il la désirait, elle le savait. Elle savait aussi qu'elle le croiserait de nouveau, avec ou sans prétexte.

En attendant, elle visionna tous les films auxquels il avait travaillé.

Les lacs de mon enfance

Dès son retour de l'île Verte, François alla déposer son texte dans la boîte aux lettres de Félix. Comme il était tard, il retourna chez lui sans sonner.

Myriam se leva à l'aube pour aller jouer les séquences les plus intimes de son rôle, des scènes d'amour dans une chaufferie sale et bruyante comme les boyaux de l'enfer.

En fin de matinée, Félix trouva l'enveloppe de François en allant chercher son journal. Sans prendre le temps de déjeuner, il l'ouvrit; elle contenait dix feuillets de papier et une photo. Sur le premier feuillet, les mots suivants :

BAPTÊME
OU
LES LACS DE MON ENFANCE

texte pour un acteur et un comparse musicien

Dans la marge, François avait griffonné : « Qu'est-ce que tu préfères? Choisis le titre qui te convient. » *Baptême*! se dit Félix, ça c'est punché. Il lut le texte d'un seul trait :

Projetée sur un écran, une immense photo d'enfants se baignant dans une rivière. Arnaud se détache de la photo sur laquelle il apparaît, petit et malheureux. Il porte un complet, une chemise blanche et des bottes de pêche.

ARNAUD. Nous autres, on n'est pas baptisés. Nos parents nous ont pas fait baptiser ni communier ni rien. Ils se sont pas mariés non plus. Aucune cérémonie, même civile. Seulement les partys de la commune. Ma sœur Alice et moi, on a passé notre enfance dans une commune. *(Un temps.)* Aujourd'hui, Alice s'est fait baptiser. C'est pour ça que je suis en retard, les gars, je pouvais pas manquer son show, elle m'avait donné un rôle dedans : parrain. Pas le parrain de ma sœur, celui de son bébé ; c'était un baptême double. Le curé a des principes : il refusait de baptiser l'enfant d'une impie, pas mariée en plus. Alice a dit : « Puisque vous insistez, monsieur, je vais me convertir. » Elle a suivi les cours de catéchèse, tout le kit. (*Il s'arrête, regarde autour de lui.*) C'est bizarre de se retrouver ici sans Jean-Christophe… Je suis venu le plus vite possible, j'avais hâte de vous revoir, les parties de pêche me dérangent plus… Quand on était flos, c'était l'enfer. Moi, j'avais personne. (*On entend un air de musique.*) C'est quoi cette musique-là ? (*Un temps.*) Alice voulait un enfant depuis des années. Elle a le tour avec lui, elle est tendre. Pas du tout maniaque. D'après moi, elle l'a fait baptiser pour le présenter à Gilles… Vous vous rappelez pas de Gilles ? Ça m'étonne pas. Il a jamais voulu qu'on l'appelle papa. Fallait l'appeler Gilles comme les autres enfants de la commune. Un étranger pouvait pas savoir que j'étais son fils, sauf quand je me collais sur lui, il paraît que je lui ressemble. Physiquement, je veux dire. Alice m'enviait ma ressemblance. Chère Alice ! Maman a vu clair dans son jeu, elle a dit : « Tu nous traînes à l'église pour faire sortir ton père de sa ouache. Tu te souviens pas à quel point il est athée ? » Alice a répondu : « Mais il aime les rituels ! Moi aussi, je suis athée. C'est pas une raison pour pas me faire baptiser. Si ça me tente. Faut que les prêtres servent à quelque chose. » C'est vrai ça. Leur seule utilité maintenant est de nous fournir un peu de décorum quand on veut un spécial dans une fête : tu mets un prêtre au milieu et ça fait solennel. Mon ancienne blonde préparait une thèse sur la fonction du clergé dans les sociétés laïques : Égypte, France et Québec comparés. Qu'est-ce que vous en pensez, les gars ? *(Un temps.)* O.K., c'est pas important. Alice lui en veut, à Gilles. Moi aussi. Avant de frapper la trentaine, je lui en ai beaucoup voulu. Vous autres, vous aviez des pères normaux. Le nôtre travaillait pas. Il « résistait » au système. Dans ces années-là, les jobs te tombaient dessus comme des fleurs de pommier au printemps, c'était la manne perpétuelle, mais lui, il travaillait juste assez longtemps pour attraper son assurance-chômage. Après, il passait au B.S. Il disait qu'on devait récupérer ce que l'État nous arrache. Le cul collé à sa berceuse décapée, il jouait de la guitare. Style Bob Dylan. Sans paroles... Je sais pas à quel âge j'ai commencé à avoir honte de lui. Pourtant, il était *too much,* super *cool* : il faisait *rien.* Sauf la bouffe. Mais même dans sa bouffe, il y avait un bogue. Il en parlait, on en parlait, fallait en parler, c'était bon, délicieux, excellent, Gilles ! Fallait s'extasier à chaque plat. C'étaient des repas communaux pour la famille élargie. Mon père cuisinait œcuménique. Jamais un petit souper pour nous autres, sa famille rétrécie. Aucun passe-droit. Des fois, même pas de show de bouffe. Il disparaissait pour aller tester ses effets spéciaux. Technicien en effets spéciaux ! À l'ONF, en fiction.

Dans quel film des années soixante-dix y a-t-il des effets spéciaux ? Pratiquement aucun. On l'a jamais vu, son laboratoire de l'ONF. La première fois que j'ai mis les pieds sur un plateau de tournage, c'est avec maman, qui est scripte, pas avec Gilles. Il nous amenait nulle part, lui, il nous laissait « cheminer » dans notre « vécu ». C'est ça que j'ai sur la photo de pêche, j'ai le vécu hors foyer : je comprends pas ce que je fais là, je suis seul, j'ai froid, j'ai peur de l'eau. D'après Gilles, fallait pas me brusquer dans mon approche de l'élément aquatique, alors il m'a jamais appris à nager. C'est Jean-Christophe qui s'en est chargé. *(Un temps.)* Quoi ? On peut plus prononcer son nom ? Il aurait eu quarante ans le mois prochain, c'était le plus vieux de la gang...

LE MUSICIEN. O.K., Apollon, O.K. !

ARNAUD. Appelle-moi pas comme ça ! C'était un trip de commune, ces surnoms-là. Ils avaient rebaptisé les enfants, si on peut dire. Ma sœur était devenue Musaraigne. Apollon et Musaraigne. « C'est mignon, une musaraigne », disait maman. « Mais c'est un rat, maman ! » Gilles avait choisi les nouveaux noms pis ma mère, pas plus fine, s'était ralliée à lui, elle respectait sa quête. Je me demande ce qu'elle lui trouvait. Ce que ma sœur lui trouvait. Elle disait : « On est chanceux, Gilles nous achale pas. » Elle jouait les indépendantes, mais elle aurait pris n'importe quoi venant de lui, une farce plate, un blâme, une claque. Aujourd'hui encore, elle le cherche sans le savoir. Son idée d'un baptême en duo était bonne. Elle a préparé un grand coup, une vraie fête d'Italiens : les cloches, les cierges, les fleurs, la musique, les ballons, le gâteau, les dragées. Le rêve ! Elle était belle, avec ses cheveux flottant sur les épaules. Elle avait l'air aussi fragile que le bébé. Il a quatre mois, il pesait pas lourd dans mes bras. En plus d'être parrain, j'étais porteuse. Maman prétend qu'il me ressemble. Ça se peut, mais c'est pas nécessaire qu'il me ressemble, je vais l'aimer de toute façon, je l'aime déjà, c'est facile, la voie est libre, le père, on le connaît pas. Alice s'est fait inséminer par un « spermeux anonyme », comme elle dit. Pas de mari mais un Christ de beau baptême. Une splendide robe de catéchumène. Blanche, évidemment. Une sorte de combiné mariage-baptême... Mais je vous emmerde avec mes histoires de filleul. Des flos, vous en avez. Moi, j'attends toujours. Mon ancienne blonde considérait que l'animal humain se reproduit trop et saccage la nature. Peut-être que la prochaine va tomber enceinte par accident... Un gars peut toujours rêver, je suis habitué d'attendre, Gilles nous a appris la patience et l'espoir. Pas de commentaires, pas de regards, pas de caresses, pas d'argent, mais quand il avait une attaque de paternité, des promesses. Qu'il a jamais tenues. Toute mon enfance, j'ai attendu qu'il m'amène au Forum voir une game. J'ai attendu. J'aurais aimé ça qu'on se tiraille, qu'il joue avec moi. Il jouait de la guitare. Voulait pas que j'y touche. M'a jamais rien montré. Sauf la fois du camping dans le Maine. La commune commençait à se déglinguer et ses membres étaient moins *too much.* Alors nous autres, la famille rétrécie, on a pris une semaine de réflexion au bord de la mer. Les parents se sont pas adressé la parole de la semaine. C'est maman qui faisait la popote ; il y avait pas de spectateurs. Mais le dernier soir, Gilles a préparé un feu pour les grillades et nous a expliqué comment faire. Il avait probablement besoin de parler avec quelqu'un. Après le souper, on a entretenu le feu.

Longtemps. Ça a été la plus belle soirée de l'été. À partir de ce soir-là, Alice et moi, on se vantait de tout savoir des feux : notre père nous l'avait montré ! On n'en parlait pas devant maman parce que ça l'agaçait. D'autant plus qu'on était souvent pénibles avec elle. Jamais avec Gilles. Quand maman l'a laissé, j'ai demandé d'aller avec lui. Dans la famille de Pan, qui se séparait aussi, c'est ce qu'ils avaient décidé : le gars avec le père, la fille avec la mère. Gilles a décrété que maman maîtrisait mieux que lui la fonction parentale et je me suis retrouvé avec les femmes. C'était aussi bien ; après la commune, ça a été le trou noir. Mes premières blondes, il les a pas connues. Ma première brosse, il l'a pas subie. Quand j'ai coulé math et chimie, il l'a su mais il m'en a jamais parlé. Quand je me suis planté en moto, il est pas venu à l'hôpital. Il était pas à ma graduation. Il était même pas là quand sa propre mère est morte. On avait l'air niaiseux au salon funéraire, l'ex-famille rétrécie. *(Il s'arrête, écoute la musique.)* C'est quoi, cet air-là ? Ça m'est familier... Quand, pour la première fois, mon nom a été écrit au générique d'un film, je me suis dit : là, il va être fier de moi, deuxième assistant caméraman ! Pas de nouvelles. Deux autres films ; pas de nouvelles non plus. Un autre : premier assistant caméra ! Rien. Il m'a jamais téléphoné. L'espoir, c'est stupide. Alice voulait pas commencer la cérémonie sans lui. Elle a dit : « Il m'a promis de venir. Au téléphone, il avait l'air content... En fait, il a jamais accepté que je vive avec une femme. » Maman l'a regardée avec un sourire navré. Elle a dit : « C'est pas ça, Alice, c'est pas toi. » On attendait comme des cons. Le seul effet spécial que Gilles maîtrise, c'est l'éclipse. Il a toujours eu l'art de pas être là. Il y en a ici qui l'ont jamais vu. Chaque année, il recevait sa convocation pour la partie de pêche des anciens de l'école Saint-Gilford. « Ouais, ouais, ouais, j'vas retrouver la vieille gang. On y va, Apollon ! » Chaque année, quand moi j'étais déguisé en pêche, quelque chose survenait qui l'empêchait de partir. Un autre père me ramassait pour pas que je rate une si belle activité. Il me débarquait au bord du quai avec ma canne pis ma canisse de sangsues. Chaque année, il se trouvait un nouveau tit-cul pour me demander où était mon père. « Mon père est en tournage. » Je l'ai beaucoup fait tourner. Vous saviez que c'était pas vrai et vous m'avez jamais démenti. Mais j'étais mal. J'attendais que la journée finisse. Après, je me baignais même pas, je restais dans la chaloupe, à geler. Peut-être que Gilles est venu, une année. Il faut qu'il y soit déjà allé, pour que les autres aient continué de le relancer, mais moi, je m'en rappelle pas. Au retour, un des pères me donnait un poisson, un gros brochet, que Gilles apprêtait pour le groupe. Ces soirs-là, j'avais pas faim. Je voulais disparaître dans ma chambre, mourir. J'y ai souvent pensé. Je me voyais, étendu sur le quai, Gilles me prenait dans ses bras comme une Vierge des douleurs, et en même temps il braillait en fracassant sa guitare et hurlait : « Mon fils est mort ! Mon petit garçon ! Je veux mon garçon ! » Maman faisait pas partie de l'histoire. Eh que j'aimais ça voir Gilles brailler à cause de moi ! Une fois mort dans ses bras, j'étais plus jaloux de vous autres. J'avais plus peur de vos questions, j'étais bien. C'est comme ça que je suis maintenant, bien, détendu. Mais plus personne me pose de questions. Vous me demandez pas si Gilles est toujours sur le B.S. ? Comment va ma job, mon char, ma blonde ?

LE MUSICIEN. Pourquoi tu nous racontes ça, Arnaud ? On le sait. On s'en doutait.

ARNAUD. Non, vous le savez pas ! Vous savez pas ce que c'est que d'avoir honte. Je vous enviais. Fins ou épais, costauds ou chétifs, bons à la pêche, pas bons, forts, pas forts, comiques ou plates ou bougonneux, vos pères étaient *là*. Ils vous amenaient avec eux, c'était un privilège, un honneur. Le lac était leur place. La pêche, leur journée. Pis le nombre de fois que le mot papa était prononcé ! Un été, Olivier tripait sur son père. J'entends encore sa petite voix qui l'appelait : mon pepa, mon pepa ! Je voulais l'étriper, lui pis sa maudite famille normale. Mais j'en rêvais. Des fois, je me disais : cette année, Gilles va venir, il l'a promis, il va attraper un achigan et le soir, sortir sa guitare et ses jokes bizarres... Le monde aimait son humour, les mères surtout, elles riaient d'un rire niais de poulettes pâmées. Moi, ça me gênait pour maman. (*Un temps.*) Maintenant, je suis libéré de tout ça parce que j'ai touché le fond de la honte. On a fini par comprendre que Gilles était pas dans les effets spéciaux mais accessoiriste de plateau. Peut-être qu'il trouve pas ça assez prestigieux. En tout cas. Un jour – il fallait bien que ça arrive –, on a été pris ensemble sur un tournage, lui avec un repas de noces à mettre en place, moi derrière la caméra. Je savais ce qu'on raconte sur lui, je le savais, mais la réalité est pire que les rumeurs. Du coin de l'œil, j'avais remarqué qu'il se traînait les pieds. Le premier jour, c'était endurable. Le lendemain, il botchait tout et il a fallu retarder une prise de vue parce que son *set up* était pas prêt. Pendant qu'on poireautait, quelqu'un m'a dit : « Mon Dieu que vous vous ressemblez, ton père et toi ! Il est encore beau bonhomme... Gilles, c'est ton père, non ? »

J'ai été incapable de répondre. Gilles est le gars qu'on demande quand on est mal pris, un troisième choix. Je me suis agrippé à la caméra pour passer au travers de la journée. Le soir, j'ai braillé comme un enfant. C'était pas longtemps après la mort de Jean-Christophe, alors j'ai jamais raconté ça à personne. *(Un temps.)* J'ai plus honte de Gilles. Je suis pas Gilles ! Et j'attends plus rien de lui. Je sais que j'ai hérité de sa gueule de chanteur de pomme et je sais ce que ma mère lui trouvait; la même chose que les femmes me trouvent. J'ai jamais eu à draguer, moi, c'est les femmes qui me choisissent. Pour une nuit, un mois, plusieurs mois, des fois. Mais quand j'en aime une, elle me laisse tomber. Plus je m'attache, plus elle s'éloigne. Toutes. Comme si je leur faisais peur. C'est toujours le même scénario... Le petit de ma sœur, je l'ai pour un bout de temps. Il saura, plus tard, que j'ai été là dès le début... Évidemment, on a baptisé sans Gilles. D'abord Alice : gros éclairage, gros speech, grosse musique – elle a une chum qui joue de la trompette. L'eau a glissé sur ses cheveux, sur ses seins. C'était impressionnant, parfait comme préparation au vrai baptême. Je me suis avancé avec le bébé. Le prêtre a refait son numéro, en plus sobre, juste un jet d'eau, pas de blabla, l'essentiel. J'étais ému. Je me sentais... responsable. Alice pleurait. Je sais pas si elle pensait au bébé ou à Gilles. Il a pas encore vu son petit-fils. Un autre qu'il va laisser cheminer... Quand je me suis levé de table, ils étaient rendus au dessert, mon filleul dormait dans les bras de maman pis Alice avait l'air de se demander ce qu'elle faisait dans un party d'Italiens. Elle m'a dit : « Je me suis fait baptiser pour rien. C'est puéril. » J'ai répondu : « Non, ma sœur. Tout ça, c'est pour moi. T'as fait baptiser pour que je sois parrain. C'est un cadeau formidable. Merci, Alice ! »

Félix déposa les feuilles sur la table à café. Perplexe. Il détailla la photo d'où devait sortir le personnage d'Arnaud. Un beau cliché qui n'avait rien à voir avec une partie de pêche. François avait imaginé cette situation. Le baptême aussi, et certains détails. Mais dans l'ensemble, l'histoire ressemblait à celle de Vincent Dagenais dont le père, une misérable lavette, ne vivait que pour sa bière et sa télé. Dagenais avait dû lui raconter son enfance et François l'avait utilisée telle quelle. Félix alla passer un tee-shirt, il frissonnait malgré la chaleur. Il ne voyait pas comment aborder un personnage calqué sur l'exécrable Dagenais, lequel était devenu depuis peu son rival. Comble d'ironie, le texte le désignait lui aussi par un aspect douloureux : sa soif d'avoir des enfants. Il se sentit mis à nu. Il se fit à déjeuner, mangea lentement, pensivement, et retourna se coucher ; lorsqu'il éprouvait des difficultés « momentanément insurmontables », il se réfugiait dans le sommeil.

*

Il somnolait encore lorsque Myriam rentra à l'appartement, fourbue mais contente de sa journée. Elle vit le texte et le lut. Curieusement, son père avait donné à un personnage le nom de sa propre mère : Alice. Ce n'était pas dans ses habitudes d'utiliser dans ses œuvres les prénoms de ses proches. Mais il avait composé là une bonne partition pour Félix, elle entendait déjà les phrases dans sa bouche : « C'est un cadeau formidable. Merci, Alice ! » Sourire irrésistible de Félix, mimique à la fois tendre et moqueuse. L'auditoire serait touché.

La nonne beige

C'était un jour de hidjab. Pour le mettre en relief, Garance le combinait avec différents vêtements et accessoires. Assise sur le banc public de l'intersection Sherbrooke et Saint-Laurent, elle faisait semblant de lire une bande dessinée à la couverture explicitement érotique. Un autre hidjab traversa la rue, venant du nord. La femme qui le portait avait de grands pieds et les épaules arrondies comme pour escamoter ses seins. À mesure qu'elle approchait, les soupçons de Garance se confirmèrent : teint blafard et peau cireuse, cette énergumène n'était pas arabe, et si elle venait d'ailleurs, c'était de Saint-Pie-de-Bagot ou de Winnipeg. « Une nonne beige ! » se dit-elle. Laquelle nonne posa ses fesses sur le banc et lui demanda si elle attendait l'autobus depuis longtemps. Elle avait un lourd accent montréalais et un sourire de connivence.

— Je ne sais pas, répondit Garance en enfournant la bande dessinée dans son cabas, j'ai pas vu le temps passer, j'adore attendre l'autobus dans l'air pur de Montréal. Ça vaut pas Kandahar, mais c'est vivifiant.

— Vous êtes allée à Kandahar ?

— Oui, ma chère. Et j'ai eu droit à la burqa. Je vous jure qu'avec ça, on se sent protégée en bibitte !

— Vous êtes pas sérieuse…

— Et vous, vous êtes sérieuse avec votre foulard ?

La femme dit que oui, tout à fait, absolument : elle avait la foi, *elles* avaient la foi.

— Pas moi, rétorqua Garance. Et elle défit son hidjab.

Les yeux de la nonne s'écarquillèrent. Elle bredouilla : « On n'a pas le droit de se moquer de la religion. »

— Ah non ? À quoi vous jouez, alors ? Je comprends qu'une Irakienne porte le hidjab, elle n'a pas le choix. Mais qu'une compatriote s'en affuble me décourage.

— C'est par conviction personnelle que je mets mon voile. Par pudeur.

— Alors pourquoi pas un tchador ? Vous ne pensez pas qu'on devrait se cacher aussi la bouche ? Et le front ? Et le nez ? Et les mains ? Ce nez si sensuel que vous avez au milieu de la figure m'excite au plus haut point. Voilez-le ! Toute cette peau étalée indispose sûrement Allah.

— Vous ne comprenez rien à l'Islam, coupa la nonne, un peu moins placide qu'à son arrivée.

La discussion continua sur un rythme de duel. Garance déclara être soufie et vénérer sainte Rabia al Adawiyya ; estocade ratée, son interlocutrice ne connaissant ni le soufisme ni Rabia al Adawiyya. Elle tenta un appel à la raison : le voile servait à se protéger de la rudesse du désert, mais en plein été montréalais, il ne lui semblait rien d'autre qu'une marque de sujétion. « Ah, vous êtes féministe ! » s'exclama la nonne comme si elle venait de trouver la combinaison d'un coffre-fort. Les féministes ont fait beaucoup de tort aux femmes. Moi, je n'ai pas besoin d'elles, mon mari me respecte. » Et elle brandit un Coran en suppliant Garance de le prendre et de le lire. Celle-ci sortit sa bande dessinée et proposa un échange. À la vue du pénis bien irrigué de la page couverture, la nonne devint cramoisie et se tassa sur son bout de banc. Dans la petite accalmie qui suivit, Garance chuchota :

— Votre mari, il le porte, le voile ?

— Voyons donc ! C'est un homme...

— Moi, je réclame le tchador pour tous. Ce qui est bon pour les femmes devrait être excellent pour les hommes. Le jour où ils se voileront, je serai disposée à parler de pudeur et peut-être même à invoquer Allah avec eux en toute égalité.

Un Yukon de l'année klaxonna. La nonne bondit sur ses pieds en criant « C'est lui ! C'est lui ! », elle agrippa son exemplaire du Coran et déguerpit sans demander son reste. Garance ne vit pas le mari, protégé des regards par les vitres teintées du Yukon, et elle ne sut pas si, en musulman dévot, il avait la barbe longue et trois autres épouses dans son carrosse.

Une fois seule, elle constata que sa dispute théologique l'avait mise dans un état de grande excitation ; il fallait qu'elle parle à quelqu'un. Après avoir tenté de rejoindre Aïcha à son travail, elle téléphona à François ; il n'était qu'une voix sur un répondeur. À cette heure de la journée, il devait flâner au parc. Elle sauta dans l'autobus qui allait vers l'est.

*

— J'ai relu le début de mon roman, dit François. C'est nul. Je vais tout recommencer.

— Fais donc ça, répondit Elvire. Les accès d'autoflagellation de François lui étaient familiers. Pour la forme, elle demanda : « T'as vraiment rien produit de satisfaisant ? »

— Une phrase de temps à autre, perdue dans un magma d'inanités verbeuses.

— Alors c'est la crise...

Non, protesta François, pas de crise cette fois-ci. Il continuerait d'écrire. Pour lui-même. De toute façon, il ne savait rien faire d'autre. À part bêcher un jardin, laisser brûler les rôtis et pontifier devant des auditoires captifs.

— C'est vrai que tu cuis trop le rôti. Par contre, tes gâteaux sont presque aussi bons que les miens.

— Je suis pas un écrivain…

François ne s'attendait pas à ce qu'Elvire s'écrie : « Tu ES un écrivain et un grand ! », choses que la plupart des gens auraient dites en pareille circonstance, ne concevant pas qu'il pût mettre en question la pertinence de ses textes. Mais Elvire le comprenait très bien car son ancien métier de muse calligraphiste et sa liaison avec le poète Oubedon l'ayant familiarisée avec les affres de la création, elle savait que nul écrivain, aussi génial ou vaniteux fût-il, n'était à l'abri du doute. Aussi François pouvait-il lui déclarer qu'il se considérait nul, fini, vidé, vain, futile, bavard, dépassé, paralysé, provincial, mineur, amateur, qu'il ne faisait que s'autopasticher, qu'il n'était même pas un honnête tâcheron de la plume, Elvire l'écoutait sans manifester le moindre signe de déception, d'ennui, d'étonnement ou d'incrédulité. Elle sentait son désarroi, il n'avait pas à le justifier.

Hélas, il ne lui rendait pas la pareille. Jour après jour, elle voyait sa beauté la déserter et s'étonnait de ce qu'un homme, cher Antoine, s'intéressât à elle. Mais aussi vrai que François Ladouceur était pour tout le monde un écrivain respectable, Elvire demeurait, pour tout le monde y compris François, une femme-superbe-sur-qui-l'âge-n'a-pas-de-prise, et quand elle faisait allusion à la laideur menaçante, il l'écoutait sans la croire. Elle ne tenta même pas d'aborder le sujet ce jour-là, François ne s'attarda pas sur son corps à corps avec l'écriture, et ils s'offrirent le plaisir de discuter boulot : un jour par semaine, ils travaillaient tous deux au Parloir, un organisme bénévole « œuvrant à l'intégration des nouveaux arrivants ». Elvire exécrait l'euphémisme nouveaux arrivants pour désigner les immigrants et François ne pouvait supporter les mots bénévole, bénévolat, bénéficiaire, aidant et préposé, mais malgré ces irritants lexicaux, ils aimaient fréquenter le Parloir. Leur tâche y était facile et agréable, elle consistait à s'entretenir avec des immigrants dans un français autant que possible normatif et exempt de jurons et d'idiolectes. Ils évitaient les directeurs du Parloir, étaient sourds aux ragots et ne voulaient rien savoir des dessous peut-être malodorants de l'organisme ; ils n'aimaient pas le pouvoir mais l'action. Lors de ces conversations, ils avaient connu des gens brisés par la guerre, la misère et la répression, mais d'autres, moins abîmés, encore vifs et plutôt formidables. Ils avaient l'impression de recevoir plus qu'ils ne donnaient et considéraient leur *bénévolat* comme une drogue sournoise approuvée par l'ensemble du corps social. Ah, le bonheur d'évoquer leur passion commune ! De ne médire de personne et de n'avoir rien à déplorer ! Ça me réjouit, dit Elvire, ça me donne le goût de valser !

— Bonjour, lança Garance dans leur dos.

— J'ai rêvé à toi la nuit dernière, continua Elvire sur le même souffle. Tu étais un moine bouddhiste.

Elle aimait bien Garance, qu'elle avait connue dans le cadre de ses activités rémunérées non déclarées au fisc – cours de pâtisserie, de calligraphie, de bienséance et aussi leçons particulières de soft massage. C'est auprès d'elle que Garance avait complété son apprentissage de masseuse.

— Assieds-toi, dit François en lui faisant une place entre Elvire et lui.

Mais Garance resta debout dans l'allée, en cotillon court et sandales fines, sautant d'un pied à l'autre. Elle s'était imaginé François seul sur son banc et craignait maintenant de troubler un tête-à-tête. Mais Elvire lui souriait si largement qu'elle raconta d'une traite comment elle venait de « se prendre le bec avec une individue enhidjabée ». Récit qui mit en joie Elvire et François. Non pas qu'ils manquassent d'empathie, mais, telle que résumée par Garance, l'algarade prenait des allures loufoques.

— Et toi, dit doucement Elvire, que faisais-tu avec un voile sur la tête ?

— J'expérimente. Pour mon doctorat.

— Tu apprends quelque chose de l'opération hidjab ? demanda François.

Garance apprenait beaucoup sur elle-même et presque rien sur les autres – il fallait plus qu'un voile pour troubler les Montréalais. Elle l'avait porté avec une minijupe, une caméra qu'elle braquait sur les autres hidjabs, une abaya – réaction nulle des citadins –, un jean taille basse avec string apparent, un décolleté plongeant et des tatouages sur les avant-bras. Elle savait qu'elle courait après le trouble, comme aurait dit sa grand-mère, et que ses provocations constituaient une piètre compensation au déplaisir que lui procurait la vue d'une femme voilée dans une ville occidentale.

— Qu'est-ce qui te dérange dans le voile ? demanda Elvire. Le glissement vers l'intégrisme, ou le clivage entre les sexes ? Est-ce qu'un turban te cause autant d'émois ?

— Non. Sauf sur la tête d'un membre de la GRC qui confond deux codes vestimentaires ; par définition, l'uniforme exclut toute dérogation. Quand tu décides d'entrer dans la police, tu t'habilles en police. De toute façon, on porte tous un uniforme. Nous trois, on est costumés en Nord-Américains de type baba cool, version estivale : pas de corset, pas de guêtres, pas de nombril exhibé, pas de braies ou de fond de culotte pendant…

Elle se tut, soudainement lasse de ces discussions où se glissait toujours une part d'émotivité. Si seulement Elvire avait lu son mémoire ! Mais le sort de mémoires de maîtrise n'était pas d'être lus. À quoi servaient les centaines de notes accumulées sur le vêtement et le corps ? Et toutes ces heures à retracer l'historique du voile et à tenter de le poser dans une perspective ethnologique ! Comme ses interlocuteurs restaient silencieux, elle se sentit l'obligation de répondre à Elvire. Oui, le voile l'agressait. Elle était féministe et athée, mais elle ne se coiffait pas de ses convictions. Et elle déplorait d'être à la fois condamnée de faire l'amour en utilisant un condom et privée du plaisir d'admirer une chevelure féminine. Elles étaient de plus en plus nombreuses à circuler à Montréal encapuchonnées et enrobées dans des mètres de guenille. Jusqu'où cela irait-il ? Jusqu'au niqab ? Jusqu'aux grillages qu'on met aux chevaux pour les protéger des mouches ? Vous imaginez une ville dont les habitants porteraient des verres en miroir ? On ne saurait plus qui regarde qui et c'en serait fini de la caresse d'un regard réciproque, simultané, consenti…

François évoqua ce film de Gilbert Duclos dans lequel des figurants se promenaient avec des sacs de papier kraft sur la tête pour se protéger des « attaques » d'un objectif. À ce mot, l'image de Vincent traversa Garance de part en part – elle était sans nouvelles de lui. Elle rappela à François qu'ils avaient convenu de laisser tomber le problème des photos de rue, c'était son dada à lui, pas le sien. Et elle revint au caractère quasi exponentiel de son sujet.

— Si tu supprimais la période contemporaine ? suggéra François sans se démonter. Il faut faire des choix…

— Pas question de sacrifier mon chapitre sur la beauté !

François avoua qu'il avait de la difficulté à la suivre sur ce terrain ; la beauté plastique des gens n'était pas si importante pour lui. Celle du paysage, oui…

— Et c'est tout à fait par hasard que Marité est jolie, rétorqua Garance.

Elvire rit. François haussa les épaules. Il sentait se tisser entre les deux femmes une de ces alliances mystérieuses dont elles ont le secret.

— Je demeure toujours à la surface des corps, continua Garance en ne s'adressant qu'à Elvire, je ne fouille pas les viscères comme d'autres performeuses, la peau me suffit, et je ne suis pas loin de penser, avec les vieux Grecs, que la beauté physique est le reflet d'une belle âme.

— Ah non, dit François, on va pas se farcir tous les zigotos qui ont pondu des traités d'esthétique ! Je ne relirai pas ça, moi, je te préviens. De toute façon, ce serait une autre thèse.

— Mais puisque je la terminerai jamais !

Et, pour faire diversion, elle leur balança la nouvelle du jour : elle venait d'obtenir une bourse pour participer au Carrefour de Vanveerdam à l'été 2006.

— Bravo ! dit François. Bravo ! Tu la mérites, la bourse ! Il faut fêter ça…

— Quelle saison déplorable ! lâcha à brûle-pourpoint un homme dans la soixantaine, grosses lunettes à la mode des années 1970 et jambes torses – c'était l'Épagneul bourru, un poète de renom. Alors, Ladouceur, les *Carnets* O'Sullivan, ça vient ?

— Non, ça vient pas. Mais je travaille à un roman que tu ne liras pas plus que les autres.

— Je ne lis que de la poésie, cher. Il paraît qu'il y a beaucoup d'anglais dans les *Carnets.* C'est vrai ?

François esquiva la question. Effectivement, Maryse avait rédigé de longs passages en anglais, seule

Marité le savait et elle exécrait l'Épagneul. Comment celui-ci l'avait-il appris ?

— J'interromps une discussion ? demanda-t-il, pour la forme.

— Pas vraiment, dit Elvire, on parlait chiffons.

— Plus précisément couvre-chefs, ajouta Garance.

L'Épagneul crut qu'elles se moquaient de lui. Il salua sèchement la compagnie et poursuivit sa promenade.

— Le salaud ! murmura François. Du vivant de Maryse, il ne cessait pas d'insinuer qu'elle était un écrivain mineur dont l'œuvre ne passerait pas à la postérité, et maintenant il fait semblant d'être intéressé par ses textes posthumes !

Il regarda l'heure et se leva ; il allait être en retard aux Palmes de plume où il devait souper avec Marité qui, exceptionnellement, n'avait pas de réunion ce soir-là.

— Fais-moi plaisir, dit-il à Garance, promène-toi en civil pendant quelques jours, veux-tu ?

Elle voulait bien et promit de ne plus « se prendre le bec » avec des nonnes prosélytes. En regardant François s'éloigner, elle constata qu'il vieillissait. De près, à cause de sa verve et de son impétuosité d'éternel adolescent, ça ne se remarquait pas.

Le bonheur est au jardin

La veille de la fête du Travail se tenait chez François et Marité l'habituel brunch dominical réunissant leur tribu, celle d'Elvire et les survivants de celle de Maryse. Les convives avaient fini de manger, ils s'attardaient à table, à bavarder. Vers trois heures, on sonna à la porte. Félix alla ouvrir et le professeur Tibodo s'engouffra dans la place avec une bouteille de rouge. Il avait le souffle court, ayant couru, il craignait d'être en retard pour le match. Merde, pensa François. Le match ! s'exclama Antonio. Et il alluma le téléviseur camouflé dans une armoire à l'autre bout de la pièce. Dans la foulée de son dégagement, un double exode se dessina : pendant que les hommes migraient vers le salon, les femmes, ayant déclaré qu'il était scandaleux de s'encabaner par une si belle journée, sortirent au jardin avec les enfants. Tristan, le fils cadet d'Elvire, père de deux jeunes mousses, partit de leur côté. François n'avait pas l'alibi de la paternité et il dut rester avec les hommes. C'était d'ailleurs lui qui avait convié « les gars du hockey » à cette séance spéciale. La saison n'était pas encore commencée, mais tous avaient tellement hâte de retrouver leur chaude camaraderie des soirs d'hiver qu'ils avaient accepté de regarder une partie de soccer, discipline « respectable » et vénérée par Antonio. François regrettait maintenant son invitation ; il aurait préféré poursuivre la discussion entamée avec sa sœur pendant le repas ou parler de son monologue à Félix, dont il attendait une réaction depuis près d'un mois. Mais Félix avait passé le brunch à jouer au garçon de table, et présentement, il était assis entre Laurent et le mur du fond, donc inaccessible.

François ajouta une chaise au bout de la lignée de fauteuils et la tourna vers le cercle des habitués. Chacun avait ses raisons – avouables ou non – d'être là : Tibodo se morfondait, seul chez lui ; Laurent s'étiolait ; pour Antonio, qui avait dû s'adapter au féminisme, ces rencontres entre mâles étaient vivifiantes ; quant à Hugo, le fils aîné d'Elvire, il prétendait avoir été privé de sports télévisés pendant son enfance par une mère insensible au lyrisme des rugissements soulignant un but. Et les autres ? Peu importaient les motifs de leur assiduité aux soirées de hockey, ils devaient en éprouver un sentiment d'appartenance : ils formaient une confrérie.

TV5 diffusait un match opposant la France aux îles Féroé, match que seul Antonio suivait attentivement. À la dixième minute de jeu, rien de notable ne s'était encore passé, aussi des conversations s'étaient-elles engagées. Laurent discutait de musique avec le frère de Marité, les autres, du sport comme exutoire à l'agressivité, ce qui n'empêchait pas le commentateur et l'analyste français de pérorer à l'écran ni Tibodo de haranguer l'assemblée.

— Écoutez ça, messieurs, clama-t-il au-dessus de la mêlée : « *Le pouvoir n'appartient qu'à Allah. Il vous a commandé de n'adorer que Lui.* » Toujours cette rage du monothéisme et ce sentiment de supériorité ! Et ici : « *Ô les croyants ! Ne prenez pas pour alliés les juifs et les chrétiens ; ils sont alliés les uns aux autres.* »

Personne ne commenta.

— *¡Dale ! ¡Dale !* dit Antonio à l'écran. Ils sont endormis !

Tibodo regarda rêveusement le livre dont il venait d'extraire ses citations : un coran d'une édition bon marché, à la couverture d'un vert fade et passablement fatiguée.

— Le nombre de versets belliqueux qu'on y trouve me renverse ! poursuivit-il. Même dans les sourates les moins féroces, Allah fulmine et menace, et il est qualifié de Miséricordieux à la fin de chaque maudit verset. C'est sciant. Si on coupe les louanges d'Allah, on coupe la moitié du texte. Et la trame narrative est tellement faible, comparée à celle des récits bibliques, c'en est un simple démarquage…

— Ça t'étonne ? dit François.

Non. Tibodo n'était pas étonné. Il était stupéfié. Sous la houlette d'un « guide de lecture », il s'était mis en tête de fouiller tout le Coran pour y cueillir ces fleurs dont on parlait tant et s'assurer que le texte n'avait rien à voir avec les prétentions des intégristes. Mais force lui était de reconnaître que l'ordre de pourfendre l'incroyant ponctuait la plupart des sourates.

—*¡Dale!* lança Antonio au téléviseur. *¡No te pagan para hacerte puñetas!**

Myriam entra au salon et se glissa jusqu'à Félix pour lui demander de s'occuper du linge qu'elle venait de mettre à sécher. Elle parlait bas, mais François l'entendit, ou plutôt il la devina. Il eut la vision d'elle à huit ans, au même endroit, suspendue au cou de son frère Gabriel. Comme il s'ennuyait de Gabriel ! Et comme il aurait aimé regarder avec lui un match de n'importe quoi, même de ping-pong. Or Gabriel vivait à la frange d'un champ de bataille avec la femme qu'il aimait et il était heureux ainsi, il soignait des blessés sous une tente quelque part au Darfour, une tente plantée au milieu d'un terrain miné et rocailleux comme le pied des

* Vas-y ! T'es pas payé pour te crosser !

montagnes irakiennes, et c'était aussi un gigantesque dépotoir à ciel ouvert... Soudain une clameur de protestations entoura François; les méchants venaient de marquer un point. Myriam s'enfuit. On regarda la reprise, on la commenta et, sitôt la vague passée, Tibodo continua son exégèse du Coran :

— Pourtant, les peuples du Livre ont vécu en bonne intelligence pendant de longs siècles autour de la Méditerranée...

— Ah oui ? fit Hugo, il me semblait que les « Croyants » avaient tapé sur les autres dès le début. Une fois maîtres du territoire, ils se sont montrés tolérants. Comme les Romains. Ils avaient pas le choix.

Tibodo dévisagea Hugo et se versa un autre verre de vin. Cet éternel doctorant qui se mêlait de tout, fréquentait des auteurs étrangers à sa discipline et tardait à terminer sa thèse l'énervait.

— Oh, le beau botté ! dit Félix.

Botté aussitôt intercepté.

— Pourquoi il agite son drapeau ? demanda Laurent. Pourquoi ? Le ballon est bon ! Les juges de ligne sont pourris.

— Voyons voir ce qu'il en est ! hurla la commentatrice, comme si elle lui répondait.

— Ne t'avance pas sur le sentier de la guerre si tu ne connais pas tous les ravins qui le traversent, susurra Tibodo en compulsant son Coran.

— Tu nous tannes avec tes bondieuseries musulmanes, lui dit François.

— Celle-là, je viens de la pondre, répondit l'interpellé. Allah n'a jamais dit ça. L'archange Gabriel non plus. Et Mahomet encore moins. Et il enfouit le livre divin dans sa vaste serviette.

Dès lors, on n'entendit plus que les formules d'usage : *Come on, come on ! Yes ! Dale, cabrón, dale !* et autres exclamations simplettes, des modulations sur les sons wow, stie et *aye*, le genre de parler que François savourait secrètement, la riche prose des mâles en interaction avec deux équipes fringantes. À coup de wow et de stie bien placés, ils parvinrent à la fin de la première mi-temps. Et alors ils furent confrontés à un dilemme : le « vrai » match, opposant l'Impact de Montréal au Thunder du Minnesota, allait bientôt commencer à RDS, or Antonio penchait pour rester sur TV5 tandis que les autres auraient voulu voir l'Impact à l'œuvre.

— Si on regardait les deux ? suggéra Hugo, on n'a qu'à allumer une autre télé.

— J'ai pas d'autre télé, dit François.

Hugo sourit : « Toi et Marité, vous êtes merveilleusement archaïques. Même ma mère a plusieurs télés. » Et il partit en prélever une chez Elvire. Félix lui emboîta le pas pour l'aider. Ils parlaient de *splitter*, mot dont François ignorait l'application pratique. Il sortit à leur suite dans la cour arrière où flottait une langueur de fin de saison. Rires et chuchotements sur la galerie. Dans le jardin, Tristan faisait la chasse au Snark avec sa blonde et leurs enfants. C'est ici que ça se passe, se dit François, et en hôte courtois, il regagna le clos des hommes. Félix et Hugo revinrent avec un petit appareil télé, qu'ils branchèrent rapidement grâce au *splitter* magique. Les autres discutaient des saillies du général Roméo Dallaire, l'idole d'Antonio. Tibodo railla l'étrange sabir de Roméo et ses amalgames syntaxiques pour le moins fantaisistes, mais il reconnut son courage et sa sincérité, messieurs, tous les militaires ne sont pas des enfants de chienne.

— Et nous ici, on est à l'abri des guerres, dit le frère de Marité.

— Des guerres dont on est complices, ajouta Laurent.

— Complices, approuva Tibodo. Le Canada fabrique des armes qui aboutissent au Moyen-Orient, on marine dans la même merde que la gang de Bush.

Hugo lui rappela gentiment qu'un seul sujet était interdit pendant leurs rencontres, et ce sujet s'appelait George W. Bush. Tibodo hésita entre se fâcher en parlant de paix ou sourire en se fermant hostilement la trappe. Il jugea le silence plus élégant. D'ailleurs, en France, le jeu avait repris et le match local, diffusé depuis le centre Pierre-Charbonneau, commençait. Les regards se tournèrent vers les téléviseurs. Il y avait une place libre à côté de Félix. François la prit et murmura :

— Alors mon texte, il te convient ?

— Ah ! dit Félix, *Baptême*, c'est un bon titre.

Et il y eut un blanc. Il ajouta :

— Je l'ai pas encore lu... je veux dire, pas travaillé... j'ai pas eu le temps, la job m'est tombée dessus, j'ai passé quatre auditions coup sur coup et joué le rôle d'un baril dans un commercial de bière.

— Je peux faire des ajustements, si tu veux...

— Excuse-moi, François.

Le cellulaire de Félix venait de vibrer. Il sortit dans le couloir pour prendre l'appel. François l'entendit parler puis descendre à la cave, d'où il revint quelques minutes plus tard avec un panier qui sentait bon le tissu surchauffé. Il s'assit à même le sol et entreprit de plier le linge avec la minutie de madame Brodeur. François se sentit vieux. Il avait peu dormi la nuit précédente. En d'autres circonstances, il aurait apprécié la gymnastique consistant à regarder deux matchs en même temps, mais un nœud d'angoisse s'était formé dans son estomac. Tibodo et Hugo, devenus copains, s'amusaient de la différence de style des commentateurs : le rythme, les voix, le ton, le vocabulaire, les tournures de phrases, les propos, tout était différent et Tibodo se délectait du contraste entre Français et Québécois. François fut incapable de se joindre aux rieurs. Le visage d'Antonio, frémissant et concentré, les prunelles allant d'un écran à l'autre, retint son attention un instant ; Antonio n'était pas un sportif de salon – il jouait au soccer dans une équipe composée en majorité de concitoyens d'origine latino. Il lança *¡Dale, dale!* et les Français marquèrent un but. Une sirène annonça la fin de la partie européenne. La France venait de gagner par la marque de cinq à deux. Sur l'entrefaite, la première demie du match montréalais se termina.

Félix bondit aussi vite qu'un gymnaste pour prendre les commandes des gens. François sortit à l'avant avec les fumeurs. Il ne dit rien de toute la pause et on lui ficha la paix. Il avait le goût de monter à son bureau relire *Les lacs de mon enfance.* Quand il revint au salon, un verre de scotch l'attendait à sa place. Il l'avala en quelques lampées. La deuxième demie commença. Le jeu du Thunder était lent et prévisible. On se mit à parler de hockey, de Charline Labonté, victorieuse la veille en Finlande, et de José Théodore. On fit des pronostics pour la prochaine saison, les noms familiers défilaient, noms de joueurs, d'entraîneurs, d'arbitres, de recrues, de propriétaires de club, et la conversation semblait à François un magma indistinct. Comme Antonio, il garda les yeux fixés sur l'écran. Bottés mous, lancers perdus, interceptés ou bloqués, aucun point encore. Des jeux de pieds montrés en plan rapproché lui parurent dénués de sens. Que représentait ce gros pied gris frappant un objet sphérique ? Pourquoi est-ce que ça pue, demanda le frère de Marité, je veux dire, à quoi sert la puanteur ? Il doit y avoir une fonction biologique à ça, comme il y en a une aux phéromones qui nous attirent vers les femelles consentantes. Encore une fois, Greg Sulton bloqua le lancer de l'équipe adverse. Allez, laissez-leur une chance, pensa François, pourquoi vouloir toutes les gagner ? La nourriture sent bon, enfin, certains aliments disent clairement mange-moi ! mais d'autres puent et sont délicieux, alors il n'y a ni logique ni système, ou s'il existe un système, il est beaucoup plus complexe que notre façon de l'appréhender – c'était Tibodo qui parlait –, Biello entra sur le terrain et ils reprirent espoir. Anyway, la pourriture écœure tous les êtres humains, dit Hugo, mais pas certains animaux. Un cadavre en décomposition pue. Est-ce vraiment utile ? *¡ Coño !* s'exclama Antonio. Quoi, quoi, quoi, dirent les autres, qu'est-ce qu'on a manqué ? Rien, ils n'avaient rien manqué, toujours pas de point. Félix vanta les mérites de Marcel Aubut. Il n'a pas aimé mon texte et il n'ose pas m'en parler, se dit François, et moi, comme un imbécile, j'attends son verdict... Le degré de complexité que suppose notre alimentation, dit Tibodo. Dans un simple toast marmelade, il y a des végétaux, fruits et canne à sucre, supposons, du blé, supposons, des produits laitiers, eh oui, je mets du beurre sur mes toasts, je ne parle même pas des additifs et agents de préservation, donc la présence d'un simple toast dans mon assiette nous permet d'induire l'existence des autres maillons de la chaîne : le verger, la plantation, le champ de blé, la vache, le laboratoire, l'usine, le magasin, le transport des produits, leur transformation, l'essence, la pollution, l'exploitation de travailleurs sous-payés, d'Haïtiens peut-être, au fait, d'où vient le sucre consommé ici ? Pourquoi vous dites *un* toast, demanda Félix, en québécois, le mot est féminin. Parce que je suis snob, cher enfant. *¿ Qué te pasa, hombre ? ¡ Coño ! ¡Dale !* Non, ils l'ont encore raté ! Et les gars revinrent au hockey : qui gagnerait cette année ? Ils m'énervent tous, se dit François, le hockey est un jeu d'équipe, alors pourquoi triper sur les marqueurs ? Cette manie de distinguer *le* meilleur et l'unique ! Tous adorateurs de la sainte coupe Stanley, licheurs de médailles. Si jamais la partie finit, une des deux équipes perdra et ça me tue, je devrais en traiter dans mon essai, parler des laissés-pour-compte du sport professionnel, non, j'ai évacué le domaine sportif, mais que deviennent ceux qui terminent quatrièmes aux Jeux olympiques, ils ont la médaille de plomb, voilà, j'aime les médailles de plomb et ceux qui ratent la troisième marche du podium. *¡ Carajo !* dit Antonio. Quoi quoi quoi ? Biello a failli marquer, les gars, vous avez rien vu ! Bof, ils en sont à la soixante-seizième minute. Le sucre qu'on mange vient principalement des Caraïbes. Ah bon, et d'où tu le sais ? J'ai un chum économiste. Discussion sur les économistes et le sucre. Ils en sont à 88 minutes. Alors c'est la fin, tant mieux. *¡ Aye, aye, aye !* cria Antonio. Brouhaha sur le terrain du centre Pierre-Charbonneau : des joueurs du Thunder venaient de plaquer Ribeiro en surface de réparation. L'arbitre siffla. *Yes,* crièrent Hugo et Félix, tir de péno, ça leur apprendra, les maudits sauvages ! À la quatre-vingt-neuvième minute de jeu, annonça le commentateur, un tir de penalty est accordé à l'Impact, Biello l'exécutera. Biello frappa le ballon et le mit dans le filet. *Yes !* Il restait une minute de jeu, qui s'écoula sans histoire. Et l'interminable partie prit fin.

Au jardin, les reflets du soleil déclinant rosissaient les fleurs d'automne, les femmes jasaient paisiblement et, sous la gouverne de Tristan, les enfants apprenaient à caresser le chat de la maison dans le sens du poil. Le monde était en beauté. La porte de la clôture était cependant entrebâillée, ce qui agaçait François. Il alla la fermer. Quand il se retourna, il ne vit d'abord que sa fille, allongée sur la rampe. Son pied droit, dénudé, prenait appui sur un poteau tandis que l'autre, également nu, pendait en dehors de la galerie au bas de sa jupe étalée en éventail. Sa main droite faisait contrepoids, mais on la distinguait à peine car un massif d'hortensias la cachait. François imagina un mouvement de caméra partant de cette main pour remonter vers l'épaule de Myriam, la survoler et glisser sur l'éventail miroitant de la jupe jusqu'au pied nu. Puis un zoom out : plan d'ensemble de la cour dans lequel lui-même figurerait à la place de Tristan, comme lorsqu'il était jeune et heureux auprès de ses enfants. Sa fille apparaîtrait deux fois dans le même cadre ; enfant et adulte. Elle lui sourit.

Tibodo tira sa révérence. Les autres suivirent peu après.

*

François dormit mal cette nuit-là. Il rêva que son roman était en nomination pour le Goncourt et qu'une clique organisait une cabale contre lui ; la pauvreté de son vocabulaire irritait et surtout, impertinence impardonnable, il avait eu le culot d'écrire *une* toast, *une* job, *un* paparmane.

Le lavoir

Le lendemain, jour de la fête du Travail, avant l'aube, une camionnette entra dans le parc Lafontaine par la rue Sherbrooke, roula jusqu'à l'étang et s'immobilisa, feux éteints. Dave en descendit le premier, puis Garance, puis la régisseure Labrèche. Ils se mirent à délester la camionnette de sa charge : quelques tiges d'acier et des blocs de ciment creux – de ceux qu'on utilise pour monter les murs d'édifices. Garance les avait peints d'un brun verdâtre qu'elle avait appelé « couleur fond d'étang à la fin de l'été ». Les trois comparses disposèrent le matériel dans l'eau à une dizaine de mètres de la rive, de façon à former une colonne et, plus loin, une plate-forme. Quand ils cessèrent leur va-et-vient, la crête des structures arrivait à un demi-pouce sous la surface de l'eau et seules les tiges de métal fixées à la colonne étaient visibles.

Ils avaient travaillé vite et en silence dans le seul bruit de l'eau remuée et de leurs souffles. Le soleil se levait. Ce serait bientôt l'heure des joggeurs et des chiens traînant leur maître endormi au bout de leur laisse. Il faisait déjà chaud ; la journée serait splendide. La camionnette sortit doucement du parc et Garance déclara la phase un réussie.

— Tu m'en dois une, dit Labrèche à Dave en lui souriant de toutes ses dents mal alignées.

Elle voulait dire une bière. Dave avait gagé avec elle que leurs travaux nocturnes seraient perturbés par l'intervention des « forces de l'ordre », il adorait cette expression dont les médias francophones abusaient pour désigner les policiers. Mais la bière allait attendre ; chacun rentra chez soi pour prendre un peu de repos avant la phase deux.

*

En fin d'après-midi, alors que la lumière se faisait plus douce, Labrèche partit la bande sonore – un mixage de violoncelle et de bruits d'eau, rien d'agressant, un lent *fade in*. Garance commença à faire les cent pas au bord de l'étang vis-à-vis des bancs numéros 928 et 929 de la municipalité. Elle portait de solides espadrilles et une robe sans manches à peine échancrée au cou. Par-dessus cette robe couleur framboise, un tablier à motifs fleuris, ample et informe comme ceux des ménagères canadiennes d'autrefois, *le* tablier dont elles s'affublaient le matin pour ne l'enlever qu'au soir après la prière en famille. Celui de Garance était dans des tons de vert.

Les promeneurs marchaient d'un pas lent et satisfait. La plupart allaient vers le nord-ouest, comme attirés par le soleil. Sans que personne ne le remarquât, Dave déposa sur la rive un gros pain de savon de fabrication artisanale, un ballot de tissu et une pierre plate de forme quasi rectangulaire – de l'ardoise. Après quoi il retourna à son poste derrière le banc 928 où était assise la sœur de Garance. Celle-ci s'immobilisa devant les objets. D'un seul mouvement, elle hissa l'énorme ballot sur ses épaules et, avec l'assurance de disciples allant rejoindre une quelconque divinité marine, elle entra dans l'eau. Des passants la regardèrent, intrigués. Elle se dirigea vers le centre de l'étang et posa le ballot sur l'eau ; il semblait flotter. En fait, il était monté sur un dévidoir dont le pied s'assujettissait aux griffes de la colonne installée nuitamment.

Sur la rive, les gens commençaient à s'attrouper et certains se juchaient sur le dossier des bancs pour mieux voir la baigneuse. Elle vint chercher la pierre et le savon et on put admirer la rondeur de ses genoux et de ses mollets qui se devinaient sous sa robe mouillée. Quelqu'un lui demanda ce qu'elle faisait. Elle répondit « Rien d'extraordinaire, vous verrez » et elle retourna dans l'eau pour poser sur la passerelle la pierre et le savon, lesquels eurent l'air de flotter tout autant que le tissu.

Des enfants voulurent se baigner. « C'est pas une piscine », dit leur mère. « Je veux nager, je veux nager, je veux nager ! » répondit la plus petite des filles. Deux garçons sans parents sautèrent à l'eau. Garance avait prévu cette éventualité : d'une voix de papa habitué d'être obéi, Dave somma les garçons de regagner le trottoir. Ceux-ci, ne sentant aucun appui parmi les autres adultes, s'exécutèrent, un peu penauds.

Pendant ce temps, Labrèche avait monté le son : plus de violoncelle mais des chants de femmes aux voix naturelles, non travaillées, de belles voix du peuple. Elles chantaient en roumain. Les bruits d'eau s'étaient précisés, ils n'évoquaient plus la pluie ni la mer ni un ruisseau ni même un aquarium, mais la buanderie ; une impensable buanderie où se seraient agités tous les modèles existants et passés de machines à laver le linge. Sur ce vacarme, Garance revint au ballot de tissu, en prit l'extrémité et le tira jusqu'à la passerelle. C'était un tissu blanc sali par endroits, quasi imperméable, de telle sorte qu'il effleurait l'eau sans s'y abîmer. Il y forma bientôt un couloir évoquant un interminable drap. Garance monta sur la passerelle et s'accroupit dans l'attitude des femmes qui, depuis l'invention du textile, lavent le linge à la rivière.

Quand l'image fut bien installée, le volume de la trame sonore diminua de nouveau et Garance accompagna de sa voix le chant des femmes roumaines. Méthodiquement, elle savonnait le linge, le frottait sur la pierre, le battait, le rinçait puis le laissait tomber sur l'eau pour s'attaquer à une nouvelle portion qu'elle halait vers elle. De plus en plus de gens l'observaient. Certains prenaient des photos, d'autres commentaient l'action et se demandaient entre eux si elle allait passer ainsi tout le ballot, et quoi après ? Elle ne s'occupait de personne et ne semblait ni fatiguée ni misérable : ses gestes étaient mesurés, amples et gracieux. Chaque fois qu'elle levait la tête pour déplacer le tissu, elle apercevait des amis : François, Aïcha, Palmyre Duchamp, Ariane et d'autres artistes, et quelques fans et, surtout, Vincent Dagenais. Il avait pu se libérer ! Bien qu'elle lui eût demandé de la filmer de face, du point de vue de la plupart des spectateurs, il venait de remonter l'allée pour la prendre de demi-profil. Elle leva bien haut le drap devant elle comme pour s'assurer de sa propreté et, au travers, elle l'aperçut, debout sur un banc avec sa caméra. Quelque chose en elle exulta et sa chanson devint une suite de vocalises qui, dans le contexte, évoquaient des rires de femmes au lavoir, le battement du linge sur la pierre et le jaillissement de l'eau. Elle tourna la tête vers le ballot ; il avait diminué de moitié. En rinçant le tissu, elle l'avait promené de tous les côtés, si bien qu'un cercle laiteux l'entourait maintenant. Elle reprit sa tâche.

Dans la foule, personne ne fit remarquer qu'il était troublant de pouvoir contempler, en ce jour de la fête du Travail, l'ouvrage d'une lavandière venue du fond des âges ou peut-être tout simplement d'un pays lointain et pauvre. Personne non plus ne s'exclama : « Oh, le bel archétype que voilà ! » Quelques fins finauds lançaient de temps à autre une plaisanterie ou une question qui n'en était pas une : « Vous seriez plus à l'aise en bikini ! » « Pourquoi tu vas pas à la buanderette ? » « Je peux-tu vous donner mon tee-shirt à laver ? » L'ambiance était à la joie et Labrèche se sentait en contrôle.

Et c'est à ce moment, à la vingt-deuxième minute de la performance, qu'atterrirent dans le décor les agents Berri et de Montigny. Deux beaux spécimens. Un mâle et une femelle. En bermudas. Mollets fermes et bronzés. Les roues avant de leurs vélos s'immobilisèrent à l'orée de l'étang et ils mirent pied à terre. Labrèche leur brandit aussitôt les papiers d'identité de Garance et son permis de performer. Permis ou pas, il était interdit de se baigner dans l'étang ; les agents interpellèrent Garance. Celle-ci leva la tête, regarda autour d'elle comme pour s'assurer qu'on s'adressait bien à elle et dit qui ? moi ? « Oui, vous. » Elle laissa tout tomber et avança vers la rive comme la reine des eaux. Spontanément, la foule applaudit. Dégoulinante et souriante, elle tendit la main aux policiers. Qui ignorèrent son geste. Elle enleva son tablier et le remit à Labrèche, laquelle alla couper le son. Fin de la performance.

L'agent Berri, le mâle du couple, avait pris les documents tendus par Labrèche. Il savait lire. Il avait même complété un bac en ethnologie avant de répondre à l'appel des forces constabulaires. Il sourit à Garance : il voyait dans son permis d'opérer une lacune embêtante. La date et l'heure de l'événement y étaient dûment notés, mais la description des lieux lui semblait trop vague, on y lisait « devant les bancs numéros 928 et 929 », mais rien n'indiquait que la performeuse serait dans l'eau.

— Vous savez que la baignade est interdite dans les étangs municipaux ?

— Oui, dit vivement Garance, je ne me baigne pas, je lave du linge.

— Ah bon ! Et en plus, vous polluez l'eau ! dit l'agente de Montigny.

— Si peu, fit Garance d'un ton enjoué, j'utilise du savon biologique.

Les agents se regardèrent, perplexes. Garance ajouta qu'elle avait choisi l'étang mort, celui dans lequel la ville n'entretenait ni grenouilles ni barbottes ni carpes ni canards. Les mouettes qui s'y baignaient – sans permis – avaient déjà vu pire pollution, peut-être même aimaient-elles le savon… L'ombre d'un sourire passa sur la frimousse de l'agente de Montigny, mais elle commença à rédiger un constat d'infraction, ce qui ne l'empêcha pas de se mêler à la discussion qui s'était engagée entre son collègue ci-devant ethnologue et Garance. On parla d'ordre public et de bonne foi, de pratiques culturelles, de coutumes ancestrales, de pollution, des canalisations déficientes de la ville de Montréal et du fait que la plupart des activités humaines laissent une trace ; le sillage de l'avion dans le ciel ou celui de nos pas dans le vent. Quand la contravention fut prête, l'agente de Montigny regarda son collègue, qui la regarda au même moment sans aucune expression particulière, sans demi-sourire, sans même un battement de cils. On aurait pu dire de ce regard qu'il était entier, tout simplement. Les deux agents aimaient bien patrouiller ensemble, ils formaient une bonne équipe et se complétaient admirablement. Une chose impalpable passa entre eux, qui fit pencher l'agente de Montigny vers l'indulgence : elle déchira la contravention. En fait, elle venait de tomber en amour avec son collègue, lequel espérait cette chute depuis des mois.

— On vous donne un avis verbal, dit-il à Garance. Vous faites tout disparaître et vous rentrez chez vous.

— Ça, c'est vraiment gentil ! dit Garance.

Elle ne connaissait rien en techniques policières mais elle était habile dans l'art de faire bouger les corps ; en parlant, elle s'était déplacée de façon à modifier le champ de vision des policiers : de l'étang, où traînaient les reliquats de ses activités lacustres, ils s'étaient tournés à leur insu vers les pelouses. Ainsi, Labrèche avait-elle pu entrer dans l'eau à son tour et récupérer le matériel incriminant. Quand les policiers regardèrent à nouveau en direction de l'étang, ils n'y virent que des mouettes. Bizarre, faillit dire l'agent Berri. La sonnerie de son portable l'en empêcha : on les réclamait à l'angle des rues Rachel et Saint-Hubert. Ils se hissèrent en même temps sur leurs vélos et filèrent sans plus de cérémonie. Garance remarqua leurs belles jambes musclées et imagina ces jambes entremêlées dans l'herbe fraîche d'un gazon, puis elle pensa à d'autres jambes entremêlées : les siennes et celles de Vincent, qui se tenait tout prêt. À partir de ce moment, le temps lui parut interminable.

Le temps de saluer François qui allait souper chez des amis ; le temps de jaser avec ses fans et son public de flâneurs, de reconduire sa sœur à l'extérieur du parc et d'attendre avec elle le service de transport adapté, de l'embrasser et de dire à samedi ; le temps de mettre des vêtements secs pour accompagner les copains au restaurant ; le temps de discuter de la performance, des ravages de l'ouragan Katrina qui venait de balayer la Louisianne, de Huang Po, le maître bouddhiste, des sculptures de Crickett Faille et du dernier film de Louis Bélanger ; le temps de dire bonjour aux amis et de persuader Dave et son chum qu'ils n'avaient pas à s'occuper de la camionnette louée ; le temps encore plus long de persuader Labrèche de la même chose – je peux très bien la rapporter moi-même, ma chérie, et je reconduirai Vincent, son appartement est sur mon chemin… Labrèche finit par comprendre et, enfin – enfin –, Garance fut seule avec Vincent.

*

Sitôt la porte de chez elle passée, ils firent l'amour fébrilement, dans la soif de leurs corps et le désordre de la première pièce rencontrée, le salon encombré de draps tendus comme des tentes.

Puis Garance voulut se laver de la boue de l'étang. Vincent la suivit dans la salle de bain, caressant et taquin. Après s'être aspergés comme des enfants, ils firent couler l'eau et restèrent enlacés au fond de la baignoire, contents de s'être enfin trouvés. Garance demanda à Vincent pourquoi il leur était impossible d'aller chez lui… Il y avait quelqu'un ? Il rit. Oui. Chez lui et avec lui vivait son éternel coloc, un personnage imprévisible et ombrageux, maniaco-dépressif, détenteur d'un bac en psychologie et traducteur, mais il n'avait jamais terminé une traduction. C'était un vieil ami avec lequel il aurait été trop compliqué de rompre et qu'il aimait malgré tout.

— Alors, t'es seul toi aussi, murmura Garance. Elle choisit le mot seul plutôt que libre, en pensant à l'équivalent anglais, moins affligeant, *on your own.* Oui, Vincent était célibataire.

— Et t'es bien comme ça ?

— Non.

La réponse sortit, rapide et incisive, et Vincent pensa à Myriam.

— Tu restes à dormir ici ?

Non… Il préférait rentrer. Elle n'insista pas mais une ombre apparut sous ses yeux. Elle avait relevé ses cheveux en chignon et une mèche s'en échappait. Vincent prit entre ses doigts la longue spirale, l'étira avec émerveillement, défit le chignon, éparpilla la chevelure puis l'écarta pour lui caresser la figure. Elle aimait qu'on lui touche la figure. Tout naturellement, il la souleva dans ses bras, trouva la chambre, le lit, le bouton de la lampe de chevet, et ils recommencèrent à faire l'amour. Longuement. Il la devinait et il était inlassable.

*

Les jours suivants, Garance se remémora chaque détail de leurs étreintes. Ils avaient fait l'amour comme on danse ; il était rare que deux corps s'accordassent aussi bien dès les premiers pas. Elle avait le goût de dormir avec lui. Elle était sûre que si l'un bougeait dans son sommeil, l'autre épouserait aussitôt ses mouvements et qu'ils demeureraient amarrés jusqu'à l'aube. Ces rêveries lui dessinaient sur les lèvres un irrépressible sourire.

Esperanza

François et Marité arrivèrent tôt au café Esperanza. C'était un samedi soir et il y avait foule. Ils cherchèrent Myriam ; elle bavardait avec des copains comédiens et ne les vit pas. Mais une spectatrice, qui avait reconnu François, l'aborda en toute familiarité : elle avait tout lu de lui et tout relu et adoré son film et elle était heureuse de pouvoir le lui dire en personne, quelle œuvre magistrale, et que leur préparait-il ?

— Un roman, répondit platement François.

Pendant que l'admiratrice continuait son panégyrique, il lança un bref regard à Marité, un appel au secours ; l'avalanche de compliments venait de réveiller son complexe d'imposteur. Sans heurt, Marité le soutira aux effusions de la dame – charmante au demeurant – et ils s'installèrent à une table en retrait. François lui sourit avec gratitude, sourit à la serveuse, commanda quelque chose à boire et souffla ; personne d'autre dans la salle ne lui portait attention et sa panique allait vite se dissiper, il en était sûr, excuse-moi, Marité, je me sens déjà mieux. Quand Myriam les rejoignit, la salle était pleine et déjà chauffée par la bière et le vin.

Le spectacle commença en retard, c'était une tradition de la place, et Félix devait passer à la toute fin de la soirée. Remis de ses émois, François se laissa bercer par la parole des autres, content d'être entouré de sa femme et de sa fille et charmé par le ton bon enfant de la présentatrice, une grande-actrice-toute-simple qui avait revêtu pour la circonstance un habit de chasseur tyrolien. L'Oreille sucrée, entité responsable de l'événement, n'avait pas fait imprimer de programmes pour que le public devinât de qui étaient les textes lus. Ils allèrent donc de surprise en surprise, de Sauriol à l'Épagneul bourru, de Michel Tremblay à Michel-Pierre Tremblay, de Cendrars à Choisnière, à Chaurette, à Mimi, à Miron, à Pit-à-Paul, à Dalpé, à Le Hû, à Strauss, à Turcotte, à Robinson, à Boucher… Un riche florilège interprété avec justesse et générosité. « Le Québec est une terre d'acteurs », se plaisait à dire feu Adrien Oubedon, et François était du même avis.

Vers une heure du matin, Félix apparut sur les tréteaux. Sans son comparse Paulo. Il a choisi de couper la partie musicale, se dit François, c'est bien. Félix sourit à l'auditoire et commença à dire le texte. Les mots sortaient de sa bouche, lisses, clairs et durs. C'était une sorte de chant montant en spirale vers de plus en plus de stridence, et vint un moment où la spirale se transforma en vrille et un autre moment où cette vrille transperça la poitrine de François : ce texte, si bien maîtrisé, n'était pas de lui mais d'un auteur français mort depuis peu. Marité lui chuchota « C'est toi qui as écrit ça? », et au même moment, il sentit la main de Myriam sur la sienne.

Félix fut longuement applaudi. Pendant cette ovation, François quitta le café. Si vite que Marité, sortie à son tour, se retrouva seule sur le trottoir désert. Elle rentra à la maison et attendit.

*

Myriam laissa Félix savourer son succès. Il avait été éblouissant, c'était indéniable. Mais une fois chez eux, avant de se mettre au lit, elle lui demanda comment il avait pu écarter le texte de François sans le prévenir. Ce n'était pas prémédité, répondit Félix, il s'était battu avec ce récit, il l'avait travaillé jusqu'à la veille sans parvenir à se le mettre en bouche, et cet après-midi, à la dernière minute, il avait ressorti un Koltès potassé à l'École de théâtre.

— Qu'est-ce qui t'a rebuté dans *Les lacs…* ?

Félix ne savait pas. Il avait espéré un personnage plus drôle, peut-être un extrait du roman à venir, une situation de désobéissance civile traitée avec mordant… Ce monologue, trop long, n'était pas à la hauteur. Et si triste…

— C'est pour ça que tu lui as préféré Koltès !!!

— C'est pas un vrai Ladouceur…

— C'est du Ladouceur. Toujours les mêmes obsessions, la mort, la fragilité, les rituels…

— Tu l'as lu ?

— Il fallait pas ? Il traînait sur la table. Le rôle d'Arnaud est fait pour toi.

— Un bellâtre ! Je suis pas beau.

— Ah non ?

Elle souriait et il eut le goût de lui faire un enfant sur-le-champ. Mais elle s'entêtait à vider la question du monologue : était-il si mauvais ? Non. Pas génial mais bien construit. Y avait-il trouvé des assertions avec lesquelles il fût en désaccord sur le plan moral ? Non. Alors d'où pouvait lui venir ce blocage incongru ?

— Tu sais, moi, les histoires de lesbiennes et de baptême, ça me dit rien. Et les allusions à Vincent Dagenais, si peu subtiles…

— Quelles allusions ?

— Toutes ! Depuis l'enfance pitoyable jusqu'au métier qu'il s'est même pas donné la peine de changer : Arnaud, c'est Dagenais tout craché.

— Il a eu une enfance difficile ?

— …

— Papa le connaît même pas !

— Il le connaît. L'été dernier, Dagenais traînait au parc ; je les ai présentés. Ils ont dû se revoir. Mais on va pas passer la nuit à parler de Dagenais !

— On dirait que tu traînes tes chicanes d'enfant.

— Il continue à piger dans ma talle ! Je suis sûr qu'il te drague.

— Il me parle à peine.

— Il te regarde en maudit, par exemple ! Dans sa maudite caméra.

Myriam était sidérée : Félix se révélait jaloux et possessif. Elle ne voulut pas relever ses insinuations. Elle dit :

— J'aurais aimé ça, moi, que mon père m'écrive un monologue. Il l'a jamais fait. Il faut qu'il t'aime beaucoup.

— Je sais. Je sais que François m'aime ! Et je l'ai flushé à la dernière minute. Je m'haïs.

— Comment tu vas t'en sortir ?

Félix n'en avait pas la moindre idée.

*

François avait erré dans la ville sans rien en voir ; il n'était pas en colère mais blessé. Il rentra finalement chez lui et s'allongea à côté de Marité sans un mot. Celle-ci ferma son livre. Elle dit : « Tu veux parler ? » « Non », répondit François. Et il se mit à parler. Il se croyait à l'abri du chagrin. Blindé. En contrôle. Équanime. Et trop vieux pour recevoir une gifle. Il avait eu tort de s'attacher à Félix.

— Il se rend pas compte… commença Marité.

Elle laissa sa phrase en suspens. Nonobstant tout l'amour que sa fille portait à Félix Beaulieu, à ce moment précis, elle rêvait d'asséner à « l'éblouissant jeune acteur » un coup de pied au cul assez fort pour le projeter hors de la galaxie. Elle attira François sur son épaule. Il murmura :

— C'est pas un drame, Marité, tu vas voir, c'est rien.

Il pleurait.

Il passa les trois jours suivants au cinéma.

Oubli

Ce même samedi de la fin septembre où François se sentit trahi par Félix, Garance entendit la voix de Vincent dans son cellulaire. Elle essaya de contrôler la sienne, de paraître enjouée, sans plus. Il l'invitait à « sortir ».

— Quand?

— Aujourd'hui, cet après-midi, si tu es libre… On pourrait aller voir l'automne ou un film, ce que tu voudras.

— Il faut que je passe au vernissage de Dave.

— Je peux t'accompagner?

— Bien sûr.

Elle mit une jupe à froufrous, des bottillons et ses pendants d'oreilles grenat.

Ils se rencontrèrent dans le hall de l'édifice Belgo, rue Sainte-Catherine, s'embrassèrent timidement, et leur réserve tomba dès les premiers mots échangés.

Dave rayonnait d'aisance et de satisfaction. Il détestait les cocktails, sauf celui-ci, le sien, ça changeait tout. Ses amis, anglophones pour la plupart, parlaient un français précis où perçait de temps à autre une tournure anglaise. « C'est si agréable de les entendre, murmura Vincent, on a le goût de leur rendre la politesse et de leur répondre dans leur langue. » Ce qu'il fit. Et la conversation se poursuivit par glissements d'une langue à l'autre.

— Ils sont sympathiques, dit Garance au bout d'une petite heure. Et si on allait voir les autres salles ?

Ils prirent discrètement congé de Dave. C'était la première fois que Vincent mettait les pieds dans l'édifice Belgo, probablement une ancienne usine, dit-il. Plafonds hauts, larges couloirs, planchers de bois franc qui craquent sous les pas, ce serait l'enfer pour un preneur de son, mais quels travellings on pourrait se payer ici ! Ils parcoururent les étages. Après deux expositions quelconques, vite expédiées, ils tombèrent sur des toiles évoquant les aquarelles de McEwen, puis sur une série pseudo pop où dominaient le vert lime et le bleu royal, puis sur des installations acoustico-kinésiques, que Vincent qualifia de « patentes à gosses ». Il regarda Garance avec une légère inquiétude, se demandant comment elle allait accueillir cette irrévérence. Elle reconnut qu'elle aimait bien les patentes, avec ou sans gosses, ces machines-là l'amusaient. C'est ainsi qu'ils se sentaient tous les deux, amusés et insouciants. « Tiens, on a frappé le gros lot », dit Vincent. Ils venaient d'entrer dans un bestiaire de conte de fées : tigres et lièvres en bronze, réalistes mais plus grands que nature, et parmi ces géants, une grosse petite fille souriante aux joues rebondies, chevauchant un loup de la taille d'un saint-bernard. La capeline de l'enfant était rouge et on avait le goût de l'emporter chez soi avec son loup apprivoisé. Ils restèrent longtemps à la contempler et à interpeller les autres visiteurs comme s'ils eussent été des guides. Ils la quittèrent à regret en se promettant de revenir la voir.

— Il faut que je te montre quelque chose, dit Garance en sortant de la salle.

Elle emmena Vincent au bout du couloir dans l'atelier d'un orfèvre qui fabriquait, outre ses bijoux, de minuscules lampes à paraffine aux lignes épurées, suspendues par des fils invisibles; petits feux clairs comme l'eau des diamants. Garance avoua que ces lampes étaient parmi les plus beaux objets qu'elle connût et qu'à chacune de ses visites à l'édifice, elle passait les admirer. C'était la dernière salle.

Ils dévalèrent les escaliers et sortirent dans la foule du samedi après-midi. Ils prirent à droite, vers l'est, et traversèrent la Place des Arts. « Où est-ce qu'on va ? » demanda Garance. Elle s'en fichait. Elle voulait seulement rester avec Vincent le plus longtemps possible. Il répondit qu'ils allaient chez lui sur la rue Cherrier.

— Et ton coloc ?

Le coloc était absent. Parti à la chasse aux chanterelles dans les sous-bois de Sainte-Lie-de-Morneuil. Quelle bonne idée il avait eue de s'éclipser ! Toujours en obliquant, traversant les places et les parcs, ils montèrent jusqu'à la rue Cherrier. Leurs mains se frôlaient parfois, exacerbant leur désir. Pendant tout le parcours, Garance eut l'impression de posséder la ville et de la voir avec les yeux de Vincent. Ils regardaient ensemble – et de la même façon, elle en était sûre – les maisons, les gens, les grands arbres qui songeaient déjà au repos de l'hiver. Il y avait dans l'air une odeur de feuilles mûres…

Le salon de l'appartement était plein de jouets et de livres d'enfant.

— T'as un enfant, Vincent ?

— Non. J'ai pas d'enfant.

Il fit glisser la bretelle de son corsage et il n'y eut plus d'autre parole que celles de leurs corps. Garance tenait à pleines mains ses désirs des dernières semaines : elle était chez Vincent, dans ses bras, et il était en elle, à la fois viril et lascif. Cet homme lui convenait de toute sa peau et son sang, ils étaient faits pour rouler ensemble dans une même volupté.

Après que leur étreinte se fut relâchée, elle s'écarta pour mieux le regarder. Tout en lui était harmonieux : les gestes, la voix, le rire, le dessin des muscles qui saillaient légèrement. Il avait les yeux noirs et profonds, les pommettes hautes, la bouche charnue avec une adorable gouttière. Elle effleura la poitrine, sa main se lova un moment dans le creux du plexus solaire puis descendit vers le sexe, à la toison drue, puis vers les jambes, de longues jambes droites. Même ses pieds étaient élégants. Longtemps, elle continua de laisser courir sa main sur lui. Elle aimait pouvoir le toucher ainsi à loisir, l'effleurer, le palper. Tant d'autres confondaient caresses avec chatouilles ou massage et refusaient d'être touchés en dehors de la brève union des sexes. Elle dit : « T'es pas farouche. » Il rit et elle revint s'arrimer à lui, l'entourant de ses jambes et de ses bras comme une pieuvre.

Quand elle reprit conscience, il faisait noir. Un cadran lumineux indiquait huit heures quinze, et c'est alors seulement qu'elle pensa à sa sœur ; elle avait oublié leur rendez-vous du samedi. Vincent lui apporta un téléphone. La voix de sa sœur lui sembla étrange, elle lui parvenait d'un univers où personne ne fait l'amour : « C'est pas grave, Garance. Du moment qu'il ne t'est rien arrivé… »

Cette sagesse résignée lui sembla le pire des reproches.

Chakra

François s'installa à sa table de travail comme tous les matins, bien disposé. Il entreprit de jeter les bases du chapitre où mourait Gabriel Dumont, oublié de tous. Sur l'écran de l'ordinateur, le curseur clignotait à côté du dernier mot tapé : solitude. Il hésita, car il venait de réaliser qu'il prêtait à Dumont les traits de son propre père mourant et qu'il allait basculer dans la nostalgie. Il remplaça la figure de son père par celle d'un acteur anglais virtuose dans l'art d'agoniser devant une caméra. Mais il voyait bien que son intention première d'escamoter la mort de son héros entacherait l'authenticité du récit; cette fin pitoyable faisait partie de l'échec de Gabriel Dumont, elle en était la clausule, un petit râle silencieux dans la froideur d'une maison sans feu. Il devait donc se résoudre à l'écrire. Il lui fallait revoir son canevas.

Délaissant le clavier, il prit une feuille blanche. Rien ne lui vint, sauf l'image d'une bouche sanguinolente crachant du Koltès. Félix lui avait préféré un auteur français ! C'était de sa faute, aussi ! Il n'aurait pas dû alourdir le monologue de pauses musicales; les gens de spectacle n'aiment pas les contraintes matérielles, il faut leur abandonner tout ce qui n'est pas parole : mouvements, musique, espace, lumière, silence. Il faut leur laisser des blancs, beaucoup de blanc. Hier, Félix n'était pas venu au brunch dominical… Eh bien, il lui laisserait tout l'espace et tout le temps nécessaires pour se ressaisir. « Que le diable l'emporte ! » se dit-il.

Il retourna au destin de Gabriel Dumont et l'imagina sur le chemin de Batoche avec son contingent de volontaires avançant dans le vent et la neige vers la Police montée venue l'anéantir. Au bout de quelques minutes, il sentit une tension dans l'épaule droite. Il observa sa posture : il avait la tête rentrée dans les épaules et le dos rond d'un enfant qui craint les coups. Il fit quelques pas et revint s'asseoir, un peu moins crispé. Il écrivit pendant une heure sans arrêt, sans retour en arrière ni effacement. Mais c'était une écriture sans joie, lui rappelant celle qu'il avait pratiquée à la suite de « l'affaire *Castor et Pollux* »...

Une vingtaine d'années plus tôt, après un premier scénario jamais tourné et classé parmi les expériences désagréables, le gars des vues lui avait fait miroiter la possibilité d'en écrire un autre avec la garantie d'avoir les coudées franches et un budget substantiel. Comme tout écrivain, François rêvait d'être « porté à l'écran ». Il avait cru le gars des vues et s'était investi dans son projet de film au point de prendre congé de l'université pour y consacrer tout son temps. Il avait travaillé et retravaillé. Et retravaillé. Réalisateur, producteurs, instances subventionneuses, diffuseurs même, tous avaient donné leur avis sur le scénario et émis leurs réserves, tant et si bien qu'il s'était retrouvé en position de se justifier : il était un intellectuel n'ayant jamais mis les pieds sur un plateau de tournage, que connaissait-il au métier ? Et ce titre, *Castor et Pollux,* était ridicule et pédant. Il fallait le changer. Et cetera. Pour « l'aider », on avait embauché un second scripteur chargé de rendre « naturel » un texte trop littéraire. « Et puis ça manque de visuel », avait déclaré le gars des vues en mâchouillant un cigare éteint. Pourtant, sa version initiale fourmillait d'images, ignorées en cours de tournage ou défigurées pour cause de divergence esthétique avec le réalisateur, ou supprimées au montage. On remplaça le second scripteur par un troisième, qu'il ne rencontra même pas. Bien que son nom figurât au générique comme dialoguiste et « idéateur », ce film, qui eut du succès, n'était pas le sien. Partout, dans les restaurants, dans la rue, au théâtre, les gens le félicitaient et il se sentait piégé, chaque éloge l'enfonçant dans la conviction d'être un « sans-génie » et un imposteur. Il était retourné à l'université, humble et humilié, se disant qu'il était tout juste bon à faire aimer les œuvres des autres. Incorrigible, le gars des vues le sollicita de nouveau. Il l'éconduisit. Il ne voulait plus retoucher au cinéma ni même à la littérature. Pendant deux ans, il n'avait plus écrit que des lettres de recommandation et des rapports de lecture. Puis, sous l'exhortation de Maryse, lentement, sans prétentions ni espoir, il s'était remis à l'écriture. Cette timide reprise avait été ardue car il n'était plus seul avec ses personnages : dès qu'il cliquait sur le dossier *roman*, un oiseau venait se percher sur son épaule. L'oiseau était noir, il le savait, il le voyait comme un corbeau à face de chauve-souris. Un gros oiseau aux os de plomb, les serres en forme de tenailles. Il l'avait appelé Chakra à cause de la sonorité du mot, qu'il détestait. Jour après jour, l'oiseau lisait par-dessus son épaule et lui sifflait à l'oreille qu'il n'avait ni talent, ni imagination, ni profondeur. « Tu ne ponds que des banalités, mon François. T'es nul ! » De temps à autre, il hurlait « Ta gueule, Chakra ! » dans son bureau désert. Le silence revenait et l'oiseau se faisait moins lourd, parfois même il devenait invisible, mais son odeur acide persistait dans la pièce. Il finit par se taire. Il devait dormir. Puis son odeur s'altéra. François se dit que l'oiseau était allé déprimer quelqu'un d'autre, il ne voulait pas savoir qui, et il continua d'écrire en s'inspirant de la ténacité de Van Gogh. Après la *Saga*, il reprit confiance au point de se croire guéri de son sentiment d'échec, et dès lors il considéra l'écriture comme une promenade en forêt au mois d'avril : le paysage est encore brun et la terre, détrempée, mais des touffes de vérâtre apparaissent au pied des arbres, ou des érythrones hâtifs, ou un massif de sanguinaires. « Lâche ton herbier, se dit-il, c'est cucul. » Son terrain naturel était plutôt la glaise, les essarts, la boue. Il traçait patiemment des sillons dans la glèbe et l'avoine finissait par monter. Alors il était satisfait. La semaine dernière, il avait souhaité écrire un roman aussi beau qu'un champ d'avoine, un pavé à la fois compact et aérien. « Qu'est-ce que ces images rurales, se dit-il, je suis un écrivain urbain ! »

— T'es pas un écrivain, cria Chakra, t'es un raté !

Ça recommençait. Il redescendait dans l'enfer du doute. Se mettre dans cet état pour un petit monologue tellement mauvais que Félix n'en avait pas voulu ! Mais pourquoi ne pas l'avoir dit ? Était-ce si difficile de discuter d'un texte avec son auteur ? Probablement. C'était là une corvée de metteur en scène ou d'éditeur. Aucun éditeur ne verrait jamais ces quelques pages, il allait écraser le fichier et demander à Félix sa copie pour la déchiqueter. Voilà comment il règlerait le problème. Tout de même, il trouvait ironique de se poser tant de questions sur le sentiment d'échec, de prétendre en démonter les ressorts et de s'y enliser à nouveau.

Il ouvrit le dossier de son essai, pointa une annexe et parcourut la longue liste des recalés de prix littéraires, puis celle des manuscrits ayant subi des refus. Les noms de grands écrivains y figuraient : Joyce, Febrero, Giono, Ramuz… Ceux-là ne s'étaient pas découragés. C'étaient des batailleurs qui avaient connu, eux aussi, des périodes sombres, certains en avaient témoigné. Il relut les deux listes en s'attardant sur certains noms avec une délectation qu'il jugea minable. Il fit une incursion dans son chapitre en cours, traitant du rapport entre le doute, la honte et l'orgueil. Sa prose lui parut prétentieuse et vaine. Il se leva pour regarder par la fenêtre qui donnait sur la ruelle Mentana. En face, la cour d'Elvire était attirante. Il savait sa maison pleine de cris d'enfants. Sans prendre le temps de sauvegarder le fruit de ses élucubrations matinales, il dévala l'escalier, traversa son jardin où les fleurs d'automne commençaient à noircir, frappa à la porte d'Elvire et entra dans la cuisine.

Un fumet de wapiti braisé imprégnait la pièce encombrée de vaisselle sale et de chaudrons. La table et la chaise haute étaient souillées de nourriture. Au loin, en haut, Elvire chantait une berceuse. Sa voix faiblit jusqu'à devenir inaudible. Il y eut un temps, puis ses pas dans l'escalier. En apercevant François, elle sourit et lui offrit une tisane. Non merci, il ne voulait pas de tisane, il voulait lui faire part de l'étendue de sa nullité, c'était urgent.

— Tu déprimes, dit-elle. Déjà hier t'avais une sale gueule.

Elle souleva le couvercle de la cousance où mijotait le wapiti, y ajouta du vin, en brassa le contenu, referma le couvercle et se tourna vers François qui, après sa déclaration d'intention, était demeuré silencieux :

— Qu'est-ce qui t'arrive ?

— Rien. Je devrais me concentrer sur les inédits de Maryse. Il est tout à fait révoltant qu'elle soit morte si jeune et que moi je continue d'écrire. Des textes médiocres.

— Encore le doute.

— J'ai raison de douter.

Long silence. Le temps de faire chauffer de l'eau, d'attendre qu'elle frémisse, de la verser sur les herbes. Puis Elvire demanda à François de préciser sa pensée.

— Tu es débordée, dit-il. T'as besoin d'un coup de main.

Il connaissait la cuisine d'Elvire aussi bien que la sienne, car en trente ans de voisinage intense, il y avait passé de longues heures. Il se mit en devoir de tout ranger. En touchant la première assiette, il se lança dans une diatribe sur l'inutilité de l'échec. Il retenait sa voix à cause de l'enfant endormi, mais il compensait par la clarté de sa diction et la vigueur de ses gestes. Sous l'œil réjoui d'Elvire, il rinça la vaisselle, frotta les casseroles, nettoya les comptoirs, la table, les chaises et partit le lave-vaisselle. Il en était rendu à énumérer les diverses figures de l'échec : faillites, flops, divorces, naufrages, effondrements d'édifices, suicides, fausses couches… il eut un moment d'hésitation, il n'était pas sûr que le suicide fût forcément un échec, la vie était tellement complexe, il fallait toujours nuancer et il n'était pas d'humeur à nuancer.

— J'aime quand tu t'enflammes, dit Elvire. Tu es tellement éloquent.

Les pieds posés sur une chaise – pour éviter la formation de varices –, elle sirotait sa tisane de mélilot officinal. Elle n'en était pas à son premier homme de lettres malheureux et sa peau d'ancienne muse exhalait encore, en situation de crise, un parfum lénifiant qui agirait fatalement sur François, elle était confiante. Mais celui-ci était loin de l'apaisement et il continuait de marteler ses mots, rageur :

— Quel est l'imbécile qui, le premier, a promulgué qu'on apprenait de ses échecs ? L'échec ne nous apprend rien. Sinon l'endurance à la perte. Il n'est pas nécessaire, pour *grandir*, d'en baver, de trébucher, d'être bafoué par la critique ou méconnu toute sa vie comme Pessoa.

Il s'était emparé d'un balai et faisait revoler les détritus du repas. Il poursuivit sur le même mode général. Bientôt, le plancher fut propre. Il fit une pause, le temps d'examiner son travail. Elvire en profita pour glisser :

— Tu me donnes un cours magistral, François. Si tu me disais plutôt ce qui se passe ?

François rangea le balai, brandit une bouteille de Windex et ôta les rideaux d'une fenêtre.

— J'ai lavé les vitres la semaine dernière…

À regret, il remit les rideaux et la bouteille à leur place. Puis il s'assit et raconta l'épisode du Café Esperanza sans pathos et sans effet oratoire.

— Je peux lire ce texte ?

— Non.

— Il est bon ?

— Je le trouvais bon quand je l'ai remis à Félix. Maintenant, je vois bien que c'est de la merde.

« De la merde, répéta Elvire, sûrement. » Puis elle lui fit remarquer qu'il ramenait l'événement – ou le non-événement – à lui-même. Il fallait peut-être en chercher l'explication ailleurs, du côté de Félix… C'était justement ce qui dévastait François ; il croyait connaître son gendre, il s'était abandonné à l'aimer, et maintenant il le découvrait lâche. Il souffrait d'une sorte de peine d'amour.

— J'aurais jamais pensé avoir aussi mal à cause d'un enfant qui est même pas le mien, commença-t-il…

Il s'arrêta, troublé à la pensée que le chagrin le rendait égoïste. Sa désillusion n'était rien en regard de la perte subie par Elvire quelques années plus tôt alors que Lilith, la jeune femme qu'elle aimait comme sa propre fille, s'était tuée pour échapper au cancer. Et lui s'attardait à décortiquer sa petite déception !

— D'instinct, les enfants savent où nous atteindre, murmura Elvire.

Et ils parlèrent de leurs enfants devenus adultes. Jusqu'où devaient-ils les supporter? Et le devaient-ils? Que pouvaient-ils attendre d'eux et à quoi leur fallait-il renoncer? Ces questions étaient peu « documentées ». Alors que les librairies débordaient de livres sur le développement de l'être humain de zéro à six ans, on ne trouvait pratiquement rien sur les relations entre les vieux parents et leurs grands enfants. L'image la plus vigoureuse qui leur vint à l'esprit était celle des vieillards de Molière menaçant de déshériter leur coquin de fils. François s'esclaffa. « Il se détend », se dit Elvire. Et elle entendit son petit-fils pleurer.

Quand elle revint avec le bébé, François reposait le couvercle de la cousance.

— Ça sent bon, dit-il. Je peux venir manger mes restes ici, ce soir? Marité a une réunion.

— Évidemment, cher. Et elle ajouta, d'un ton moqueur : T'en profiteras pour me nettoyer le deuxième étage, qui est très sale.

Les gisants I

Depuis sa tournée des galeries de l'édifice Belgo avec Vincent, Garance avait revu le caméraman, pas aussi souvent qu'elle l'eût souhaité, mais cet amour naissant lui insufflait de la joie et de l'énergie. Elle mettait alors la dernière main à une performance complexe, pour laquelle elle avait rempli tous les formulaires existants de demande de subvention et obtenu *la* réponse positive lui permettant de se lancer.

Tel que rédigé, son projet ne présentait aucune connotation politique. Il était cependant bien éloigné de ce qu'elle avait l'intention de donner à voir aux Montréalais. « T'as pas peur de te faire pincer ? » lui avait demandé sa sœur. « L'art n'est pas une commande d'épicerie, avait-elle répondu. Entre un canevas et son déroulement, il y a toujours des écarts. » Le canevas soumis aux instances subventionneuses, intitulé *Les gisants,* prévoyait l'installation, sur la Place d'Armes, des catafalques des trois fondateurs de Montréal : Paul de Chomedey de Maisonneuve, Jeanne Mance et l'Amérindien inconnu, représentant les milliers d'Iroquois, Hurons, Montagnais et autres « primitifs » qui, depuis leur arrivée sur la terre d'Amérique, avaient utilisé l'île comme comptoir d'échange. Évidemment, les gisants s'animeraient pour interagir avec les citadins, stimuler leur imagination et faire reculer leur ignorance collective.

La performance qu'elle avait orchestrée, avec la complicité de Labrèche, allait se dérouler en trois temps et requérir la participation solo de trois acteurs, d'un preneur de son et d'acolytes chargés de faire diversion si des policiers venaient à passer. Tous ces gens attendaient le moment d'entrer en scène entassés dans une camionnette blanche conduite par Labrèche. François était monté dans la voiture de Garance, qui avait choisi pour premier site le magasin La Baie du centre-ville, propriété de la plus ancienne compagnie marchande canadienne, jadis spécialisée dans la traite des fourrures. Après s'être garés dans un espace retenu par un comparse, ils longèrent la rue Union jusqu'à l'entrée sud-ouest du magasin, au coin de la rue Sainte-Catherine, la seule qui fût de biais et qui, conséquemment, offrait un certain dégagement pour d'éventuels spectateurs. Une petite pluie pâle tombait sur la ville, mais il ne faisait pas froid. Pendant leur trajet, Garance constata avec plaisir que les vitrines de La Baie étaient couvertes de banderoles et d'affiches annonçant une SUPER VENTE DE BLANC le 30 septembre. Ils étaient le 30 septembre et la grande horloge de la bijouterie Birks indiquait dix heures moins cinq : la curée allait bientôt commencer et les clientes, se ruer sur les aubaines. Garance et François s'immobilisèrent sur la chaussée devant l'entrée ciblée. Ils venaient de croiser une jeune femme qui faisait les cent pas : blue jeans, veston de velours noir, cheveux ébouriffés, frimousse de gamine. Elle avait salué Garance.

— C'est Aricie de Lorimier, s'étonna François. Tu l'as prévenue ?

— Oui. Mais aucun autre journaliste : elle est parmi les trois ou quatre qui se donnent la peine d'aller sur le terrain.

François acquiesça ; il aimait beaucoup les reportages d'Aricie de Lorimier.

À dix heures pile, les banderoles affichant VENTE DE BLANC ondulèrent et toutes les portes du magasin s'ouvrirent en même temps, tirées par des mains invisibles. Un flot de musique d'ascenseur et des effluves de parfum se répandirent dans la rue. Quelques dizaines de clientes se précipitèrent à l'intérieur. D'autres suivirent. Un homme à la barbe hirsute, portant une tuque délavée, un manteau et des couvre-chaussures trop grands, traînant un de ces cartons qui servent à l'emballage des réfrigérateurs, resta en arrêt devant l'entrée. Il disposa soigneusement son carton sur le trottoir au pied de la marche palière puis, en prenant bien son temps, il s'y étendit, tira sur lui une couverture trouée, bâilla et ferma les yeux.

Pendant qu'il s'installait, des gens étaient passés à côté de lui en faisant semblant de ne pas le voir : on détournait pudiquement la tête. Il fallait maintenant le contourner ou l'enjamber. Une femme se pencha sur lui :

— *Are you ok, sir ?*

— Laissez-moi dormir ! cria l'homme.

Et son visage fut parcouru de tics.

— *They should keep them inside*, dit la femme à sa compagne de shopping.

Laquelle haussa les épaules.

Elles furent avalées par les portes, qui vomirent en échange leur premier corps humain de la journée, celui d'une femme sans âge, vêtue avec discrétion, encombrée d'une sacoche, d'un sac marqué La Baie, d'un paquet de cigarettes et d'un briquet. Il s'agissait de l'agente de sécurité Poitras dans son costume de travail, un déguisement de « magasineuse ». Madame Poitras s'adonnait au tabagisme. Taraudée par son vice, tous les matins avant de passer à l'attaque, elle s'accordait une pause cigarette et, consciencieuse jusque dans la désobéissance, elle profitait de ce moment dérobé à l'employeur pour scruter les clientes et tenter de déceler parmi elles les voleuses potentielles. Mais ce jour-là, elle n'eut pas le temps de se livrer à ses supputations matinales car elle buta sur le corps de l'homme couché et s'affala sur lui. L'homme grogna comme un ours dérangé dans sa ouache. L'agente s'était déjà relevée.

— Qu'est-cé ça ? hurla-t-elle. De qu'est-cé que vous faites là ? Vous embarrassez le chemin, j'vas appeler la police !

Les chalands, soudain moins pressés d'aller dépenser leur argent, ralentirent le pas. Certains s'arrêtèrent. La fausse cliente tenait son cellulaire à la main. Lentement, le clochard s'assit, la regarda en se grattant l'aisselle puis, dans un français impeccable, il lui demanda si elle s'allongeait souvent, comme ça, sur les hommes au repos. Elle en resta bouche bée. D'autant plus que son adversaire s'était levé et qu'avec la célérité d'un magicien, il escamota manteau, tuque et couvre-chaussures et arracha sa barbe postiche pour révéler un citoyen en complet veston, rasé de frais, les cheveux taillés court, un attaché-case à la main.

— Quel univers ! dit-il. On se fait agresser dès qu'on baisse la garde. Le repos est pourtant un besoin fondamental.

Et, du pas pressé d'un assistant de sous-ministre des finances à la veille du dépôt d'un budget, il prit le large sous le regard éberlué des curieux.

— Qu'est-cé ça ? répéta l'agente mise en échec.

Quelqu'un dans la foule avança qu'il s'agissait sans doute d'un gag du type « caméra cachée ». Mais de caméra, il n'y avait que celle de Dave, posté sur le trottoir, et ce n'était pas une caméra, mais un simple appareil photo. Les gens ne lui prêtèrent pas attention, attirés qu'ils étaient par Aricie de Lorimier et son micro. L'agente Poitras avait disparu.

— On change de place, dit Garance à l'oreille de François.

Dave les suivit à l'auto. En route, Labrèche téléphona pour dire qu'elle avait récupéré le faux sans-abri et que tout baignait. « *Stand by* pour le musée. » conclut-elle.

Lorsque le trio arriva au Musée des beaux-arts, quelques fans de Garance arpentaient le trottoir devant le pavillon Michael et Renata Holstein, détrempés mais joyeux. Ils l'accueillirent par des cris d'encouragement.

— Je ne vois personne du RASI, dit François. Ils sont avec toi, non ?

Non. Les gens du RASI se réjouissaient de son initiative, mais vu qu'elle ne travaillait pas avec de vrais sans-abri, ils avaient jugé son intervention plus esthétique que politique et ne lui avaient pas donné un appui manifeste.

— Comment t'as fait pour décrocher un permis ?

— Les itinérants n'ont pas de permis, François.

— … Alors tes comédiens courent le risque de se faire arrêter.

— Ils ont pour consigne de ne pas provoquer les flics, de collaborer, de dire la vérité. Et puis, ils ont leurs papiers sur eux.

— Et le prochain clochard sera une femme ?

— Tu verras…

Elle envoya la main à son preneur de son installé à l'ouest, « en dehors du champ », aurait dit Vincent.

Le bel escalier du pavillon Michael et Renata Holstein, condamné on ne savait trop pourquoi, accueillait sur un de ses paliers la Grande Tête totémique de Henry Moore. Il était flanqué à l'est par les cœurs en métal de Jim Dine et du côté ouest par Claudia, la vache de Fafard. C'était une vache à l'air affable et maternel. Grosse comme un orignal. Couchée à même le ciment, les pattes élégamment repliées, la queue souple, son pis généreux dépassant de son ventre, elle regardait placidement l'agitation de la ville. Garance affectionnait cette vache. Un sans-abri posa contre son flanc un sac de couchage rouge sale et s'y blottit dans l'indifférence des rares passants.

— Un autre homme, dit François. Et les femmes itinérantes?

Garance fit un haussement d'épaules qui voulait dire on en discutera plus tard, veux-tu, l'image d'une femme allongée est un piège à connotation lascive, j'ai pas pris de chance, et cetera.

Était-ce dû à la pluie, à la licence que sont censés procurer les arts visuels, au calme dégagé par la vache? Toujours est-il que les passants restaient placides. Des touristes japonais qui s'étaient fait photographier autour des cœurs de métal prirent un cliché de la vache et continuèrent leur visite. Deux jeunes munis de squeegees s'assirent un moment dans les marches avec leurs chiens pour boire une rasade de Gatorade et fumer. Des policiers en auto passèrent sans rien remarquer; ils regardaient de l'autre côté de la rue l'immense bannière de l'exposition Peintres de Provence. La camionnette de Labrèche se pointa à son tour, ralentit et repartit.

— On devra peut-être poireauter longtemps ici, dit Dave, très fier d'utiliser le mot poireauter, qu'il venait d'apprendre.

Mais comme pour le contredire, l'action s'enclencha vite grâce au zèle d'un ange gardien : dans le nouvel édifice du musée, situé vis-à-vis, de l'autre côté de la rue Sherbrooke, un garde de sécurité qui s'était approché d'une fenêtre décela quelque chose d'insolite devant le pavillon Holstein. Il ne pouvait pas quitter son poste et il distinguait bel et bien une silhouette humaine étalée sur une œuvre d'art. Il détestait qu'on frôlât les œuvres, eussent-elles la forme inopinée d'une vache, et il se montrait toujours féroce envers les tâteurs de tout bois. Quoique l'agression n'eût pas lieu dans sa zone d'affectation, il devait agir. Il saisit son *beeper* pour avertir son supérieur hiérarchique, lequel était omnipotent, rapide et expéditif. Surgirent aussitôt du pavillon attaqué deux hommes en uniforme. Ils interpellèrent l'intrus :

— Monsieur ! Monsieur !… Aille, mon ami !

Pas de réponse. Le plus petit des deux poussa le sac de couchage du pied. L'homme qui l'habitait se tourna sur l'autre côté, la figure contre le flanc de la vache.

— Monsieur, vous avez pas le droit d'être là.

— J'ai sommeil, répondit l'homme. On l'entendait clairement car il portait sur lui un micro. Il avait un accent haïtien.

Surpris par la puissance de la voix émanant du sac, les gardiens eurent le réflexe de baisser le ton, si bien qu'on ne saisit plus que les propos de l'homme couché, dont le soliloque attira l'attention des passants.

— Je touche pas, je prends appui, je me repose.

— …

— Mais j'ai sommeil !

— …

L'homme s'étira, s'assit et soupira : « Pas moyen d'avoir la paix. » Puis s'étant levé, il quitta ses oripeaux en de lents gestes théâtraux. Il apparut graduellement en complet veston et col roulé, chaussé de fins souliers italiens, les joues glabres, à peine bleutées par une barbe naissante. Il n'avait de noir que les cheveux et ses traits étaient plutôt sémites. Il s'appuya sur la vache.

— J'aime l'art, moi, dit-il. Et j'aime dormir. Autrefois les gens dormaient auprès des bêtes.

— …

— Pas seulement dans mon pays ! En Europe, les paysans dormaient avec leurs bêtes.

— …

— Mon pays, c'est ici. Je suis Canadien. Québécois.

— …

— C'est défendu d'avoir l'air arabe et de s'intéresser aux arts figuratifs ?

Les gardiens, de plus en plus nerveux, haussèrent la voix. Le fait était que depuis le début de l'échange, l'accent haïtien du faux sans-abri avait pris des rondeurs marocaines. Les gardiens s'embourbaient dans ce cas complexe.

— Décollez-vous de là ! hurla le plus grand des deux. Vous êtes accoté sur une pièce qui vaut une fortune !

L'homme obtempéra.

— Vous êtes marrants, dit-il, mais je dois y aller, moi, le travail n'attend pas.

Il brandit une mallette d'ordinateur. En guise de salut, il inclina légèrement la tête, sortit de l'enclos de la vache et, se frayant un chemin parmi la foule, il grimpa à bord de la camionnette blanche qui venait tout juste de s'arrêter.

Perplexes et ronchonnant, les gardiens ramassèrent les « cochonneries » laissées par le dormeur amateur d'art pendant qu'Aricie de Lorimier commençait à dialoguer avec les spectateurs.

L'Hôtel de ville de Montréal est célèbre pour son balcon d'où Charles de Gaulle prononça en 1967 son vibrant « Vive le Québec liiibre ! ». Son escalier extérieur mène à de grandes portes de bronze qui semblent dire :

« Citoyens, citoyennes, venez vers moi ! » Cet escalier comporte quinze marches, un palier d'au moins un mètre de large et trois autres marches. Garance avait choisi ce palier accueillant pour le sommeil du troisième sans-abri. La prestation était prévue à l'heure où les employés regagnent leurs bureaux après le dîner.

Les jours précédant la performance, Garance et Labrèche avaient étudié le parcours entre le Musée et l'Hôtel de ville et repéré les travaux en cours et déviations. Après avoir recueilli l'acteur arabo-haïtien, Labrèche roula sans problème vers le bas de la ville. Mais Garance, Dave et François, qui avaient mis plus de temps à quitter la rue Sherbrooke, se trouvèrent coincés dans un embouteillage causé par les errances d'un camion de vidanges et d'un autre, de recyclage, opérant en même temps avec un manque remarquable de collaboration. À leur arrivée sur les lieux, le sans-abri était déjà installé et une auto de patrouille s'immobilisait devant l'entrée de l'Hôtel de ville, du côté où il était interdit de stationner. Dave emboîta le pas aux policiers pour être au cœur de l'action. Ayant aperçu Myriam parmi les badauds, François se faufila jusqu'à elle :

— Qui t'a prévenue de la performance ?

— Regarde ça, papa, répondit Myriam, on va se régaler.

Sur le palier, un policier interpellait le dormeur pendant que son collègue incitait les curieux à retourner s'occuper de leurs oignons – il utilisait le terme circuler. Le clochard semblait dormir à poings fermés. Il finit par se mettre sur son séant puis debout. Très lentement, comme s'il souffrait dans toutes les articulations de son grand corps, il passa en revue les poches de sa vareuse pour en extirper ce qui ressemblait à un permis de conduire. Pendant que les policiers examinaient la pièce d'identité et téléphonaient à la centrale pour savoir si l'individu était fiché, celui-ci arracha sa barbe d'un seul coup, bien net.

— C'est Félix ! s'exclama François.

— Oui, Félix, dit Garance dans son dos. Il a accepté le rôle le plus risqué. Je l'adore.

Mais les policiers ne semblaient pas apprécier l'arrachage de barbe – coucou, je suis un autre –, d'autant plus que l'individu déboutonnait maintenant sa vareuse pour exhiber un splendide complet Armani. Il avait toujours sa tuque sur la tête, une tuque verdâtre et pelucheuse. Il n'eut pas le temps d'aller plus loin dans son effeuillage, les policiers lui firent descendre les marches au pas de course et le plaquèrent contre leur véhicule pour le fouiller – une fouille rapide mais vigoureuse. Après quoi ils l'embarquèrent. Vers quelle destination ? Selon les informations de Garance, il était probable que les acteurs, s'ils étaient appréhendés, soient conduits au poste 21, mais elle n'en était pas sûre, connaissant mal les mœurs et habitus de la gent constabulaire. Aussi Labrèche veillait-elle de l'autre côté de la rue au volant de la camionnette, qui s'engagea sur la chaussée à la suite de l'auto de patrouille.

— Je rentre imprimer les photos, dit Dave. À ce soir !

Il partit.

Garance échangea quelques mots avec des collègues performeurs venus voir son travail et avec ses fans, puis elle dit à Myriam : « Tu montes avec nous autres… » C'était plus un constat qu'une question. Myriam la prit familièrement sous le bras et leur rapprochement parut étrange à François. Dans l'auto, il laissa galamment le siège avant à sa fille et s'assit derrière. Labrèche téléphona : Félix était au poste 21 et elle en avait informé Aricie de Lorimier.

— À ce soir, dit Garance en coupant la communication.

— Qu'est-ce qu'il y a, ce soir? demanda François.

— Un party. Chez moi. Pour l'équipe. Tu vas venir?

— Je sais pas.

Ils arrivèrent bientôt devant le poste 21, rue Sainte-Élizabeth, et prirent la place de la camionnette, qui s'éclipsa. Il ne leur restait plus qu'à attendre dans l'air de plus en plus moite de l'auto. La pluie tombait toujours. François se rendit compte qu'il était inquiet pour Félix, et cela l'irrita. Il dit : « Ce serait embêtant que Félix ait un casier judiciaire. » Garance le rassura, il y avait peu de risques, elle s'était renseignée.

— Tu les paies bien pour faire ça?

— Bien sûr. La subvention couvre tout : location des véhicules, fausses barbes, fringues, appareil photo, papier, cachets des acteurs... Il y a seulement Dave que je paie pas. On s'exploite mutuellement.

— T'aurais pas aimé que ce soit filmé? demanda Myriam.

Garance eut l'air contrarié :

— Un tournage est trop visible pour des interventions comme celles d'aujourd'hui.

En fait, Vincent lui avait dit qu'il n'était pas libre et elle ne l'avait cru qu'à moitié.

Aricie de Lorimier apparut sous un balcon. Garance parla de l'entrevue à venir; pourvu que la journaliste aborde les bonnes questions, celles dont elle rêvait de parler, les intrusions du corps social dans la vie privée. Comme la plupart des autres animaux, l'homme dormait dans un abri, pas sur la place publique. Caverne, hutte, bungalow, peu importait, il avait besoin d'un refuge où poser sa paillasse... François allait intervenir quand la conversation dévia vers Félix, son talent et son optimisme, et le rôle qu'il venait de décrocher, celui du Casse-couilles dans une reprise de *La mère à boire.* Il sera un excellent Casse-couilles, s'extasia Myriam, et François cessa d'écouter. Il lui sembla qu'il était condamné à passer le reste de ses jours dans l'attente de ce fils prodigue en compagnie de sa fille et de son ancienne maîtresse unies comme des sœurs, presque des jumelles, même couleur de cheveux, presque le même âge, et toutes deux admirant le « courage » de Félix... Le cellulaire de Garance s'agita. C'était leur héros qui l'appelait chérie. Chérie souligné. Il fallait qu'une honnête citoyenne munie d'un permis de conduire, donc d'exister, vînt l'identifier. Garance partit vers le poste.

— Puisque les choses se tassent, je vais rentrer, annonça François.

— Tu restes pas avec nous, papa ?

Il embrassa Myriam :

— Je veux pas te faire de peine, mais Félix me tape un peu sur les nerfs de ce temps-ci.

Il sortit sous la pluie. S'étant assuré que sa fille ne le suivait pas du regard, il alla s'abriter dans une encoignure de porte, grelottant dans ses vêtements mouillés, et attendit. Il eut bientôt la satisfaction de voir Garance sortir du poste, suivie d'un Félix au sourire goguenard. Il murmura « Le p'tit Christ ! » et, tournant le dos au couple, il remonta la rue Sainte-Élizabeth.

Paupières gonflées

Vincent n'avait presque rien dit de la soirée. Il était tendre mais comme absent. Après l'amour, ils restèrent enlacés. Tout bas, à mots doux et choisis, Garance lui demanda ce qui le préoccupait. Rien. Il était déjà dans l'ambiance de *Trépanation* : les arbres avaient rougi et demain ils allaient en forêt filmer les séquences d'automne, trois jours leur suffiraient, le premier avec les bêtes et des figurants sachant tenir un fusil, les deux autres avec les acteurs principaux. Après, son rôle à lui serait terminé. Il avait beaucoup aimé ce tournage... Il sourit, et Garance eut le sentiment qu'il pensait à une autre femme. Elle murmura :

— Je suis pas jalouse, tu sais.

— Moi non plus, Garance. On se ressemble.

Et il retourna à son mutisme. Quelques minutes plus tard, alors que tout son corps se tendait à nouveau vers elle, il décida de rentrer chez lui ; il devait se lever avant l'aube.

Garance l'embrassa une dernière fois, elle referma la porte et ses larmes jaillirent. Elle était malheureuse sans raison précise ; Vincent avait le droit de dormir chez lui. Elle se dit : « Je l'aime trop pour qu'il m'aime en retour. » C'était toujours la même histoire, elle s'amourachait d'hommes qui ne l'aimaient pas ou pas autant qu'elle, ou à contretemps. Ce soir, à d'infimes détails, elle avait décelé dans l'attitude de Vincent les signes avant-coureurs du désintérêt. L'amour était une danse épuisante, faite d'avancées et de reculs, de glissements asynchrones. Les danseurs avaient rarement le même tempo, et jamais elle n'avait coïncidé avec un homme. À cette pensée, ses pleurs se transformèrent en sanglots et elle eut la pulsion d'écrire à Vincent un courriel brûlant, plein des mots qu'elle retenait depuis le début de leur liaison : je t'aime, demain, toujours… les mots interdits parce qu'ils nommaient directement la passion et la durée. Une lettre chargée de phrases qui font fuir.

En allant vers l'ordinateur, elle se vit dans la glace d'une armoire. Et se regarda. Ce corps harmonieux ne lui était d'aucune utilité pour retenir les hommes. Pas plus que son esprit ou son talent. Elle aurait volontiers échangé ses succès artistiques pour quelques années de vie avec Vincent. Mais elle pressentait ce qui allait se passer : la rupture prochaine, le manque, le chagrin, la solitude, et il lui sembla que de tous ses désespoirs amoureux, celui-ci serait le plus ravageur. Elle se laissa pleurer comme une barque à la dérive, errant dans l'appartement. Elle remit l'oratorio de Pradal qu'ils avaient écouté en boucle pendant le repas, fut incapable d'en soutenir la charge émotive, coupa le son et s'entendit gémir. À nouveau, elle était cette femme qui gémit dans la nuit en attendant l'aube. Elle marchait, les yeux brûlés par les larmes, sans rien voir d'autre que le visage de Vincent. Elle arracha des murs les images de victimes de guerre qu'elle avait découpées dans des journaux avec l'intention d'en faire un montage pour une prochaine performance. Elle les contempla pour s'y perdre, et même ces lambeaux d'atrocités ne parvinrent pas à la distraire de sa douleur. Qui était-elle pour parler de guerres qu'elle ne subissait pas ? Elle s'allongea dans le divan vert. Son hidjab y traînait, froissé. Elle l'avait beaucoup porté au cours de ce mois de septembre anormalement chaud. Lorsqu'elle l'enlevait le soir ses cheveux étaient poisseux, elle se sentait sale, fausse et vaine. Elle était devenue un voile parmi les autres qui pullulaient dans la ville, ostensibles jusqu'à l'agressivité, et qui hurlaient tout bas : « M'avez-vous bien vue ? Regardez comme je suis pure ! » Elle n'avait pas osé parler à Vincent de ce jeu ambigu. Qu'en dirait-il, lui dont le métier était de regarder ? Elle revenait toujours à lui. Dans les replis du tissu, elle vit le dessin d'une feuille d'érable évoquant celle du drapeau canadien. Un hidjab arborant un drapeau ! Symbole sur symbole, affiche sur affiche sur affiche ; une palissade placardée, un empilement de signes… Des cris d'étourneaux percèrent sa rêverie. La nuit mourait, le jour n'était pas encore levé, mais déjà les oiseaux de l'extérieur le pressentaient. Les siens ne tarderaient pas à s'éveiller. Elle se rendit à la volière.

Ils étaient immobiles, tassés sur eux-mêmes, petites boules de plumes et d'os friables. Elle attendit. Il fallut quelques minutes seulement pour que les yeux s'ouvrissent, que les ailes se missent à frémir et les gosiers à chanter. Le mâle des inséparables semblait la regarder avec chaleur, on eut dit des yeux de mammifère doués de la faculté d'interpeller. L'idée lui vint que l'oiseau la voyait au travers des rets du grillage et que sa vision avait toujours été brouillée par ce filet grisâtre, semblable à celui d'une burqa. Elle avait entendu dire qu'à Chomedey, à moins d'un kilomètre de l'île de Montréal, sur certaines rues, dans certaines ruelles, des femmes portaient la burqa pour étendre leur lessive. C'était à désespérer. « Pourquoi est-ce que je garde des oiseaux en cage ? se dit-elle. Ils ne connaîtront jamais la friction de l'air sur leurs ailes ni la vue d'un village en plongée. » Leurs chants avaient pris de la force. Elle sourit à l'aube naissante, jeta les images de guerre et alla se doucher.

Les cheveux mouillés, collés à son peignoir de soie, elle ouvrit les rideaux de sa chambre sur un ciel étale et déjà bleu, « Sainte lumière ! disait la vieille Winnie, encore un beau jour ! » Elle n'écrirait pas de courriel indécent à son amour et ne s'apitoierait pas sur son sort, elle allait être heureuse aujourd'hui, patiemment, vaillamment. Ses craintes n'étaient que les chimères de la nuit. Elle s'étendit au travers du lit pour une seconde et s'endormit.

Quand elle s'éveilla, le soleil éclatait sur le mur et blanchissait la figure de sa sœur qu'elle avait dessinée au sépia des années plus tôt; cela voulait dire que l'après-midi commençait. Elle enfila un jeans et une blouse, ramassa sa chevelure encore humide et baigna ses paupières gonflées. Elle était prête à recevoir le client.

L'homme enfouit son visage dans l'appui-tête. Elle posa ses mains sur lui pour un premier contact puis elle le parcourut de la nuque aux talons; il était un réseau de tensions. Elle prit une profonde inspiration, remonta lentement le long de la colonne vertébrale et devint le corps qu'elle massait.

Comme des chevreuils en novembre

Ils terminèrent le tournage à temps, juste avant la baisse de la lumière, si rapide en cette saison. Alors que les techniciens emballaient le matériel, on sortit la bière, le vin, le punch sans alcool pour ceux qui tentaient d'arrêter de boire – l'éclairagiste était membre des Alcooliques anonymes – et de quoi manger. Des conversations fragmentaires s'engageaient. Quel bonheur que ce plateau ! Quelle camaraderie et quelle ambiance, malgré la dureté du sujet. Personne n'avait encore trouvé de titre pour remplacer *Trépanation*. « *Le temps des chevreuils* », annonça le réalisateur. Il y eut un silence. « Ouais... », fit le preneur de son. « Quelque chose comme ça », ajouta le réalisateur. Et il se mit à rire, pour rien, parce qu'il était content du travail accompli. Myriam, qui se tenait à la porte de la roulotte où officiait la costumière, madame Faribeau, entendait leurs voix de loin. Il lui coûtait de quitter les oripeaux de son personnage : une robe moulante, des bottes d'écuyère, une toque et un dossard en loutre, le tout patiné et déchiré. Les séquences de forêt avaient un aspect onirique, ce n'était pas la saison grise de la chasse, mais l'automne à son plein apogée, rouge et ocre, et dans ce paysage excessif, les personnages se transformaient en chevreuils que des soldats de l'armée canadienne pourchassaient et abattaient de leurs mitraillettes. Myriam passa ses mains sur le velours de sa robe en une caresse inconsciente et elle sentit monter le vague à l'âme des soirs de dernière quand on se démaquille et quitte à tout jamais le personnage et son univers. Elle avait tout aimé de ce film : le scénario – va-et-vient entre l'époque contemporaine et les débuts de la colonie –, son personnage de femme violée à l'adolescence et mère d'une adolescente, l'envergure du réalisateur, la force de ses camarades acteurs et toute l'équipe, depuis les caméramans jusqu'à la cantinière, elle les aimait tous. Elle sourit à Palmyre Duchamp, appuyée comme elle à une table, en train de fumer.

— T'es une bonne p'tite actrice ! lui lança la grande actrice trop souvent au chômage.

— Merci, bredouilla Myriam.

Elle avait chaud. L'air était doux et sentait l'humus. Elle posa sa toque sur la table. Vincent Dagenais venait vers elle, un verre de vin à la main. Il marchait dans un bruit de feuilles sèches, souriant comme si la journée de travail était à peine commencée. Il n'avait jamais l'air fatigué. Elle prit le verre qu'il lui tendait. Palmyre entra dans la roulotte. Il y eut un silence, puis Vincent annonça d'un ton solennel qu'il devait lui parler.

— Je t'écoute, dit Myriam.

Elle but une gorgée de vin. Elle attendait placidement qu'il parle, énigmatique et mystérieuse comme tous les êtres qu'on désire. Sans savoir pourquoi, Vincent se sentit mis à nu, offert et pressé par le temps ; il ne la reverrait plus. Il dit :

— Je t'aime, Myriam.

Elle soutint son regard, mais une expression de regret passa dans ses yeux. Elle répondit :

— J'aime Félix Beaulieu.

— Mais tu ne me connais pas… Je peux t'embrasser, au moins ?

Myriam leva le menton et les épaules. On ne savait pas si c'était pour se tendre vers Vincent ou en signe d'impuissance. Il lui prit la figure dans ses mains et l'embrassa sur la bouche sans qu'elle protestât le moindrement. On eût dit que toute la volupté de l'automne traversait leurs corps.

— J'espère que je vous dérange pas, fit la voix de Félix.

Myriam et Vincent mirent un moment à dénouer leur étreinte ; sorti de l'ombre, Félix leur sembla irréel. Les deux hommes se dévisagèrent. Ils se jaugeaient.

— Tasse-toi, Dagenais, dit finalement Félix. T'as toutes les femmes à tes pieds, laisse-moi la mienne !

— Qu'est-ce que tu fais ici ? répondit Vincent. Tu nous espionnes ? T'es pathétique !

Le poing de Félix l'atteignit à l'arcade sourcilière gauche. Il répliqua. Un peu de rouge apparut sur la bouche de Félix, qui ne s'attendait pas à tant de vigueur. Il se rua sur Vincent, l'entraînant au sol. Dans leur chute, ils avaient attiré l'attention des autres et renversé la table sur laquelle reposait la toque de fourrure.

— Vandales ! leur cria madame Faribeau, sortie de sa roulotte, la cigarette au bec. Vous massacrez mon stock !

Elle ramassa le chapeau, s'en coiffa pour aller au plus pressé et, ayant le sens de la hiérarchie des désastres, elle joignit ses bras vigoureux à ceux des hommes qui tentaient de séparer les pugilistes. En vain. Les deux rivaux semblaient soudés l'un à l'autre dans un combat sans fin, lorsque quelqu'un eut l'idée de leur jeter à la face le contenu du bol de punch. Ce qui les dégrisa.

Myriam n'avait pas bougé durant la bataille, possédée par l'idée que la lutte ressemblait à l'amour, tellement les corps y étaient proches. Elle revint à Montréal avec Félix dans l'auto qu'il avait empruntée à son père et qu'il conduisait brusquement, pour se vider de sa colère peut-être, elle ne voulait pas le savoir, ne fit aucun commentaire, ne dit rien. Elle ne pensait qu'au baiser de Vincent.

À l'appartement, elle s'enferma dans la chambre d'amis. Félix vint frapper à sa porte. Elle ne répondit pas. Il s'aperçut dans un miroir : des brindilles parsemaient son chandail et ses cheveux étaient gluants de punch. Sa lèvre fendue avait enflé. Il pensa : « J'ai une gueule de cocu. »

*

Le lendemain Myriam prépara leur déjeuner. En silence. Félix dit : « Je t'ai fait honte, hier... » Non, il ne lui avait pas fait honte, elle se fichait de ce que les gens pensaient d'elle et de son couple. Mais elle ne comprenait pas qu'il soit venu la récupérer en fin de tournage comme sa possession, elle n'était pas un accessoire.

— Je m'excuse, dit Félix, je voulais te faire une surprise... Je veux pas te perdre, Myriam...

— Tu pourras jamais me perdre, répondit-elle. Je ne t'appartiens pas.

Le surlendemain était un dimanche. Elle suggéra à Félix d'aller voir sa famille et se présenta seule chez ses parents pour le brunch. Après le repas, les invités rentrèrent chez eux, François alla au cinéma avec sa sœur, et Myriam – peu pressée – offrit à sa mère de l'aider à ranger, alors que tout était déjà rangé. Elle parla de choses et d'autres et de la vie amoureuse de ses amies, attitude et propos inhabituels dans lesquels Marité perçut un signal de détresse. À tout hasard, elle lui demanda si Félix allait bouder encore longtemps. Il n'en fallut pas plus pour que Myriam lui raconte ce qu'elle appela la « bataille de coqs ». Elle ne voulait pas son avis sur cet affrontement « ridicule », mais seulement être écoutée. Ce que fit Marité. À la fin du récit, elle sourit à sa fille et eut la force de caractère de lui épargner ses remarques désobligeantes sur Félix.

Myriam partie, elle se plongea dans la préparation d'un dossier pour le lendemain, le cas embrouillé d'une lesbienne battue par sa conjointe.

Le travail de la terre

François resta debout sur la galerie, son bol de soupe dans les mains, à regarder la cour. Le chat vint se frotter contre le tissu sale du pantalon qu'il mettait pour jardiner. Il lui dit : « Dégage, Lazare ! t'aimes pas les légumes », et il le laissa grimper le long de sa jambe, ça le changeait de Chakra. Il venait de passer trois heures à écrire en compagnie de l'oiseau, qui ne s'était pas perché sur son épaule mais sur le dossier d'un fautcuil, il perdait du terrain et pâlissait, ce matin, il était affublé d'un jabot dégonflé lui pendouillant sur la poitrine, il avait des ciseaux à la place du bec et de ces ciseaux suintaient des commentaires fielleux proférés d'une voix rappelant celle de la monteuse qui avait « reconstruit » et prétendument sauvé *Castor et Pollux.* François n'avait pas perdu la face devant ce nouvel avatar de Chakra ni abandonné le clavier : il avait tapé très vite pour ne pas faiblir et ponctué chaque fin de paragraphe d'un sonore « Ta gueule, Chakra ! » lancé à titre préventif ou répressif. Au rythme de ce quasi-mantra, il avait développé son chapitre sur les pièges de la gloire, cette garce capable d'infléchir le cours d'une vie paisible. Il allait traiter de deux figures exemplaires : Maryse O'Sullivan et Jean Carrière, lequel ne s'était jamais remis d'avoir reçu le prix Goncourt. *Les sentiments que m'inspirent mes livres n'ont guère varié,* avait-il écrit, *plus on en dit du bien, plus j'en pense du mal, et je n'approuve en mon for intérieur que blâmes et réticences...* Que blâmes et réticences ! François répéta la phrase en la savourant. Elle dépeignait si bien sa propre attitude. Celle de Maryse aussi, jusqu'à un certain point, et de plusieurs autres. Ils voulaient tous le succès, mais pas ses inconvénients : être reconnu dans la rue, jamais ! Avoir le portrait massacré par des photographes de presse blasés, jamais ! Maryse se méfiait de la célébrité. Elle disait que la gloire n'avait rien à voir avec la qualité des œuvres et elle niait ses succès avec acharnement. Écrivaine francophone, elle avait choisi de vivre dans l'anonymat de Mexico... François se demanda s'il ne lui prêtait pas ses propres sentiments, sous prétexte d'avoir été son ami intime. Sa pensée se tournait encore vers lui-même. « Misérable François Ladouceur ! se dit-il – intérieurement, pour ne pas embêter le chat –, est-il vrai, comme le prétend Elvire, que je ne sois pas guéri du succès de la *Saga* ? Et comment me sortirai-je de l'affaire Félix Beaulieu ? Vais-je passer l'éponge sur sa muflerie ? Ici-maintenant-en-mangeant-mon-minestrone, serais-je en train de me reconstruire ou au contraire de couler au fond de mes plaies ? Vais-je encore m'autodafer ou résilier ? Que voilà de beaux néologismes à jeter à la face des puristes ! »

— Assez niaisé, ajouta-t-il à voix haute.

Il n'était pas zen, aujourd'hui, pas même zénifiant, et il déplora d'avoir englouti sa soupe sans la goûter. Mais comment rester calme et lent et conscient lorsqu'on est joyeux ? Ce matin, à l'aube, ils avaient eu la confirmation du retour de Gabriel, dont la mission au Darfour prendrait fin avec l'année 2005. Comment ne pas être emporté par ce bonheur ? Faisant fi des recommandations du maître Shui Long, François ne cherchait pas à contrôler son « mental », il voulait simplement s'abandonner à la joie d'espérer en préparant son jardin pour l'hiver, travail qu'il appelait « les grands labours ». Marité lui avait avoué ne pas aimer les hostas, il allait donc les refiler à la copine Hélène-qui-ne-jette-rien. Il lui fallait aussi dégager les ancolies envahies par le phlox et le ricin, supprimer le ricin, trop ombrageux, hélas, diviser les bulbes des pivoines, déplacer les iris, retirer les annuelles : verveine, magentas, oreilles-de-biche, mandarinettes. Il posa son bol sur le plancher de la galerie. Le chat sauta de ses épaules, flaira le restant de soupe et, déçu, retourna se coucher. François prit ses outils et commença par les pivoines.

Le sol était friable. Comme toujours lorsqu'il remuait la terre et la faisait glisser entre ses doigts, légère ou trop tassée, quand il respirait l'odeur de l'humus, il pensait à ses morts. C'était le seul moment où il se laissait pénétrer par leur souvenir sans souffrir et sans les craindre. Il les revoyait dans leurs meilleurs moments : son père et sa mère, sa première blonde – suicidée, son ami d'enfance J.F. – accident de ski, son collègue M. – sida, la collègue V. – cancer, l'amie Marie-Lyre – anévrisme de l'aorte, Maryse – folie terroriste, Adrien Oubedon – cancer, haine de soi et désespérance politique… Avec les années, leur liste s'allongeait, et depuis la tuerie de Mexico, il se sentait lui-même en sursis, son tour approchait. Il se souhaitait une fin facile. Il serait agi par la mort, *ça* viendrait comme les plantes viennent à maturité, il irait à la terre lui aussi, il ne voulait pas qu'on brûle son cadavre, cela lui semblait un outrage supplémentaire, il n'avait plus la pulsion de se détruire comme autrefois, enfant, ces rages proches de la mutilation. Il avait été le roi du saccage : dessiner puis déchirer la feuille, rédiger une « composition française », la froisser et se délecter de ce gâchis. Ses parents s'étaient inquiétés de sa dureté envers lui-même. Chaque fois qu'il trouvait un devoir dans la corbeille, son père le récupérait et en faisait une critique positive. Mais il n'était plus là pour défroisser les brouillons et, avec l'ordinateur, on avait l'âpre satisfaction de s'effacer complètement, c'était radical, il ne restait aucune trace de vos errances, le temps des palimpsestes était révolu. En un sens, il regrettait l'époque du papier, auquel on pouvait infliger tous les sévices ; s'acharner sur les biffures jusqu'à trouer la page, raturer ce qui était encore lisible, redéchirer les feuilles jusqu'à les mettre en charpie, les brûler même, pour bien se punir… Il leva la tête ; le claquement de la porte moustiquaire avait attiré son attention : Félix se tenait dans les marches, droit sur ses pieds, le regard franc.

— Bonjour, dit-il.

— Salut, répondit François après une légère hésitation. Il n'osa rien ajouter, ne sachant pas s'il devait montrer qu'il était au courant du combat de coqs, dont Marité lui avait donné une version sommaire. L'affrontement avait dû être costaud, car son gendre avait un de ces museaux ! Couleur aubergine et enflé. Une lippe d'orignal.

— Je vais t'aider, dit-il en remontant l'allée.

Ah bon, pensa François, on fait comme si de rien n'était. Pourquoi pas. Il répondit « d'accord » d'un ton détaché, un peu sec. Et du même ton, il indiqua à Félix la rangée d'hostas à déterrer.

Ils travaillèrent en silence, n'échangeant que les paroles essentielles. Des mots sans danger et sans sous-entendus. Des questions simples : « Les rhizomes, je les mets où ?… Veux-tu que je bêche le carré de terre dégagé ? » Et des réponses brèves, tout aussi simples. Pas de discussions et rien d'abstrait. Les choses – surtout celles de la nature – étaient d'une merveilleuse opacité, et les mots pour les désigner ne blessaient personne ; ils n'avaient qu'un seul sens. Ou deux, ou trois, pas plus. Les mots ancolie, anémone, pommier ne risquaient pas d'écorcher le petit moi fragile de l'humanoïde…

Ils travaillèrent longtemps, chacun à ses pensées. François eut mal aux genoux. Il alla s'asseoir sur la galerie et regarda Félix abattre le ricin. À ses côtés apparut un autre Félix à la figure intacte, un jumeau qui complétait ses mouvements, ramassant les tiges coupées et les empilant en fagots. Peut-être avait-il vraiment un jumeau quelque part au Québec, on n'en savait rien, il était adopté et ne voulait pas connaître ceux qui l'avaient largué. Et puis, les parents Beaulieu auraient sûrement pris en charge les deux enfants. Donc, il fallait que le jumeau fût mort-né, ce qui expliquerait la fascination de Félix pour les tribus, son goût un peu louche de la famille. « Tiens, se dit François, la fantaisie gémellaire me reprend. C'est peut-être moi qui aurais aimé avoir un frère. Mais non, mes sœurs me suffisent, et de toute façon, je m'en fous. » Il n'aimait pas fouiller la zone des blessures inaugurales. Il retourna à ses grands labours.

Quand ils eurent fini, Félix jeta un regard circulaire sur le jardin nettoyé. Il dit : « Bon. » Comme Dieu le Père contemplant sa création, pensa François, le travail de la terre nous donne le sentiment de maîtriser la vie, du moins pendant quelques secondes.

— Bon, répéta Félix, ben… c'est ça.

— C'est ça, dit François.

— Salut, conclut Félix.

Et il partit sans même avoir bu un verre d'eau. Il n'avait rien dit du monologue, il ne s'était pas excusé, mais il était passé le voir. Il était revenu ! François se sentit alerte malgré sa fatigue. En rangeant les outils, il eut l'idée d'un titre de roman : *La bonne n'apparaît pas sur la photo.* Il imaginait déjà cette petite bonne aux traits enfantins, ignorante au point de ne pas savoir qu'elle est enceinte et de qui. Il mettrait à ses côtés le personnage d'ouvrier auquel il rêvait depuis longtemps : un autodidacte ayant lu Engels et Lévi-Strauss. L'intrigue se déroulerait à deux époques, traitées en alternance. Il avait peut-être le temps d'esquisser le canevas de cette histoire avant le retour de Marité. De ses mains terreuses, avec un mauvais stylo et le bloc-notes de la cuisine, il se mit à écrire à toute vitesse. Ce roman parlerait d'automutilation.

*

La fin de semaine suivante, Marité parcourut le premier assemblage des *Carnets* de Maryse. François tournait autour d'elle, fébrile et agaçant. Elle ne broncha pas. À la fin de sa lecture, elle dit :

— C'est extra ! Tout est là, on retrouve Maryse.

Elle avait les larmes aux yeux.

— Tu es sûre ? demanda François.

— Oui.

— Alors, c'est prêt.

Prêt voulait dire pour lui prêt à peaufiner. Ne restait plus que le travail agréable. Il prendrait encore deux ou trois mois avant de déposer chez l'éditeur un manuscrit impeccable. Il y mit tout l'automne, qui passa vite, et l'hiver s'installa sur la ville bien avant la date officielle.

Les gisants II

À travers ses paupières closes, Garance sentait la lumière froide du début de décembre. Le vent lui gelait les mains et les languettes de caoutchouc qu'elle avait sur le visage lui tiraient la peau. Selon le compte des changements de posture, cela ferait bientôt une heure que Mourad et elle gisaient sur le parvis de l'église Notre-Dame, exposés aux regards des rares fidèles, des gens d'affaires et des touristes. La performance se déroulait sans anicroche et les spectateurs répondaient bien à la provocation. Au son, elle évaluait leur attroupement à une trentaine de personnes parmi lesquelles circulaient sa sœur, François, Dave et d'autres amis. Dommage que Vincent ne fût pas venu. Elle lui avait écrit un courriel mais elle ne se faisait pas d'illusions ; quand elle ouvrirait les yeux, il ne serait pas là. Elle achevait une lente giration synchronisée avec celle de Mourad : ils avaient défait leur étreinte pour revenir sur le dos, les mains jointes sur la poitrine à la manière des orants. Dans sept minutes, à un signal sonore, ils reprendraient une autre pose amoureuse, et ainsi de suite, tantôt enlacés, tantôt simplement endormis côte à côte, chacun pour soi comme dans la mort.

Cette dernière performance de l'année avait été facile à mettre en chantier. Elle avait obtenu du curé de Notre-Dame que la fabrique de la paroisse défrayât le coût de la bande-son et des matériaux pour une *Vierge de l'Avent* à « dévoiler » le huit décembre, jour de l'Immaculée-Conception, aujourd'hui.

— En quelque sorte, il s'agirait d'une crèche animée dans la tradition du Moyen Âge, avait compris le curé, un tableau vivant.

— Exactement.

— L'idée me plaît. Si vous pouviez aussi diffuser *Le Messie* de Händel, ce serait parfait.

La trame sonore comportait effectivement des extraits du *Messie*. Quant au tableau, Garance l'avait voulu le plus clair possible : sur une plate-forme inclinée, un lit dans le style des années 1950, flanqué de ses meubles de chevet. Les draps et taies d'oreillers étaient de la même époque. Dans le lit, une femme en robe de nuit à motifs fleuris. Un voile et une auréole au néon lui encadraient la tête. Elle était affligée d'une longue tignasse grise et terne, d'un double menton, de rides profondes et d'un ventre gonflé par une grossesse de huit mois. À ses côtés, un homme dans la jeune vingtaine, cheveux et barbe drus, traits sémites. Il portait un pyjama rayé impeccable, sans aucun faux pli. Son auréole était blanche. À la tête du lit, de son côté, montait une longue tige de lys en tôle galvanisée. Au-dessus du ventre de la femme tournait un mobile de petits oiseaux – des tourterelles. Leur couvre-pieds, en chenille, était bicolore, brun du côté de l'homme, bleu marial du côté de la femme. Au pied du lit, un berceau vide. Dans les airs, une banderole où on pouvait lire : *En attendant les Sauvages*. Le couple semblait dormir de l'honnête sommeil des gens de la classe moyenne qui ont tondu leur pelouse et fait leur épicerie. Un haut-parleur diffusait un pot-pourri de « musiques de Noël » parasitées par des halètements divers, parmi lesquels ceux d'une parturiente s'appliquant à souffler comme on le lui a enseigné à ses cours prénatals, c'est-à-dire en imitant un chien…

— Qu'est-ce que cette mascarade ! s'écria le curé de Notre-Dame après avoir fendu la foule. Son haleine fleurait le ragoût de pattes de cochon ; il était sorti de table au milieu du dîner, s'étant rappelé subitement le dévoilement de la crèche.

Labrèche s'avança pour lui interdire de marcher sur son plateau.

— Votre plateau se trouve sur mon parvis, répondit le curé. Où est madame Lemieux ?

— Devant vous.

Le curé eut l'air incrédule. Où ça ? Et pourquoi diantre, le couple saint était-il alité ! François Ladouceur, qui s'était approché, lui expliqua que la Vierge des Avents souffrait d'une grossesse ectoplasmique ; elle devait donc se ménager. Quant à Joseph, un peu feignant, il profitait de la moindre occasion pour taper un roupillon.

— Qui êtes-vous, vous, dit le curé, le remplaçant de madame Lemieux ?

— Je suis son père, répondit François, affable.

Excédé, le curé sortit de sa poche un cellulaire et somma son vicaire de venir le relayer auprès d'une « bande d'ahuris », il n'avait plus le temps de dissiper lui-même ce « malentendu stupide » car son évêque l'avait convoqué à une rencontre d'urgence sur la question des sapins de Noël, crucifix et autres ornements chrétiens pouvant blesser le regard des néo-Canadiens issus de cultures contrôlées par d'autres grandes religions.

Pendant sa conversation téléphonique, le curé reconnut sous le maquillage de la femme étendue devant lui les traits de la charmante jeune personne de l'automne précédent. Rengainant son cellulaire, il se mit à secouer le pied du lit en exhortant madame Lemieux de cesser de « faire la folle ». Mais la Vierge restait impavide. Le vicaire accourut, tête nue et la vareuse entrouverte. Il marqua un temps d'arrêt devant les dormeurs et on eût dit qu'un infime sourire passait sur ses lèvres. Entre-temps, le curé, ayant contourné l'estrade, enfonçait un doigt péremptoire dans la clavicule de la Vierge en hurlant « Aille, vous, debout ! On s'est mal compris. »

— *Over* ! cria Labrèche. Fin de la perfo à midi trente-cinq.

Les dormeurs ouvrirent les yeux, leurs auréoles s'éteignirent et la musique cessa. La première figure que Garance vit fut celle du vicaire, figé à ses pieds. Elle scruta la foule sans y trouver Vincent. Pas de trace non plus du curé. En même temps que Mourad, elle rejeta les couvertures et se leva.

— Il faut que je vous parle, lui lança le vicaire.

Mais la Vierge suivit Joseph derrière un paravent. Le vicaire fit trois pas dans sa direction et il trouva Labrèche sur son chemin :

— Laissez madame Lemieux déposer son ventre à l'abri des regards. Vous ne voulez pas qu'elle accouche avant le 25 ? Le show est fini. Vous la verrez comme tout le monde, après.

Le vicaire trouva cette femme grossière. Il n'en dit rien et observa avec intérêt le démontage de l'installation. Garance revint sans perruque, svelte et démaquillée, dans un long manteau. Elle n'avait pas pris le temps de se recoiffer et ses cheveux, emprisonnés dans une résille et collés à son crâne, permettaient d'en admirer la rondeur.

— Il faut qu'on discute, lui dit le vicaire. Je suis le vicaire de la paroisse. Il souriait timidement.

— Je suis à vous, répondit Garance. Donnez-moi seulement une minute.

Elle s'assura qu'on prenait soin de sa sœur, promit aux gens de son équipe de les rejoindre Chez Fallope et accompagna le prêtre au presbytère. Il lui offrit une tisane à la menthe, qu'elle accepta. Il s'absenta pour préparer la tisane. « Pas de servante », se dit-elle. Sa grand-mère lui avait raconté de sinistres histoires de « ménagères » vivant dans l'ombre de curés gras et exigeants au lit.

La tisane s'avéra être un authentique thé de menthe bien sucré, que le prêtre fit mousser en le versant de haut dans un verre traditionnel décoré de motifs abstraits. Garance s'attendait à une demande de reddition de comptes plutôt qu'à un thé servi d'une main experte. Cela viendrait sûrement, mais le prêtre semblait peu pressé d'aborder la question pécuniaire et il faisait bon dans sa salle à manger. Elle laissa tomber son manteau et apparut dans une robe de lainage à col montant moulant bien les seins. La conversation s'engagea sur un mode interrogatif plutôt léger, sans agressivité. Le prêtre voulut savoir pourquoi elle avait remplacé l'étable de la nativité par une chambre de motel bon marché. Était-ce pour donner à Marie et Joseph l'hôtel auquel ils n'avaient pas eu accès? Garance sourit :

— Si vous voulez.

— Mais pourquoi une Vierge endormie?

— C'est pas la première fois qu'on la représente couchée, l'iconographie du Moyen Âge est pleine de ces scènes.

— Des scènes de relevailles. Ces Vierges ne dorment pas…

— L'abandon du dormeur est troublant, je vous le concède. Mais le sommeil m'obsède. Dernièrement, j'ai *exposé* des gens qui n'ont pas d'endroit où poser leur tête, des sans-abri.

— Vraiment? dit le vicaire, j'aurais aimé voir ça.

Les problèmes de l'itinérance le minaient. Garance lui demanda pourquoi les sans-abri n'envahissaient pas les églises, comme les réfugiés politiques. Vous les accepteriez, vous ? Lui, peut-être, mais il n'était pas le patron, ici. Et il revint à la crèche : Pourquoi avait-elle vieilli la Vierge et rajeuni Joseph ? Elle aimait s'attaquer aux tabous, répondit-elle. Aujourd'hui encore, un vieux pouvait épouser une jeune femme, surtout s'il avait une quelconque notoriété, mais l'inverse dérangeait. Et puis, lorsqu'on fouillait un peu le dogme de l'Immaculée Conception, on soupçonnait immédiatement un des fils de Joseph d'avoir fait le coup. Un jeune, quoi.

— Vous reprenez les arguments de Gérald Messadié, qui n'est pas très fort en théologie, dit le vicaire.

Garance n'avait pas lu Messadié. Elle pensa sans raison à Vincent et se sentant au bord des larmes, elle se concentra sur le nez du vicaire, puis sur sa bouche, et cela la frappa, cet homme manquait de sommeil, il avait les traits tirés des insomniaques. Elle avait perdu le fil de son propos, et lui continuait, d'un ton sérieux : Les femmes âgées conçoivent difficilement...

— Mais les mères porteuses sont de plus en plus vieilles, dit-elle. Marie aura été la première de la série, avec les autres femelles des autres mythologies, fécondées tout aussi mystérieusement.

— Je ne crois pas qu'on puisse comparer un personnage historique à une pure invention. Marie n'est pas Léda visitée par Jupiter sous la forme d'un cygne...

Le vicaire s'interrompit, conscient du rapprochement qu'il venait lui-même d'établir.

— Bizarre, ce rôle attribué aux oiseaux, fit remarquer Garance.

Ils rirent.

— Je n'aime pas qu'on traite la religion de mythologie, dit le vicaire.

— Au fait, vous êtes pour ou contre la prêtrise des femmes ?

— Le métier vous intéresse ?

Non. Elle n'avait aucunement le goût de célébrer un rituel cannibale. Elle parlait de la communion ? Eh oui, mon père ! Il eut l'air chagrin d'un petit garçon contrarié. Pour le consoler, elle lui dit qu'elle aimait bien parler avec lui. Et ils continuèrent de discuter, revenant aux sans-abri et à l'iconographie religieuse, passant aux princes gisants, aux orants, à la méditation comme discipline de vie, aux périls et exigences du célibat. Ils en étaient à l'agonie ostentatoire du pape Jean-Paul II lorsque Garance se rappela ses amis attablés Chez Fallope. Elle s'excusa et partit sans qu'il eût été question de rembourser la fabrique.

*

Le vicaire garda en tête le mot can-ni-ba-le. Dorénavant, ces quatre syllabes allaient venir le narguer chaque fois qu'il élèverait l'hostie devant la foule affamée des croyants. Quant à l'image de Garance, courtoise et sensuelle dans sa robe de laine, elle le hanterait pendant de longues années. C'était un rouquin de quarante-trois ans, fils et petit-fils de militaires. Il appuyait le groupe Échec à la guerre.

La petite lampe

Garance arriva la première au café. Elle vit Vincent se diriger vers elle et s'imprégna de son image. En l'embrassant, il lui dit qu'elle avait son ombre bleue sous les yeux.

— J'ai une ombre bleue, moi, sous les yeux?

— Parfois. C'est ce qu'il y a de plus émouvant dans ton regard, mais ça te vient quand tu es contrariée… La performance s'est mal déroulée?

— Au contraire, on s'est bien amusés.

Il posa sur la table une boîte cadeau, et Garance comprit que c'était la fin.

— Tu l'ouvres pas? dit Vincent.

Un serveur s'approcha. Ils commandèrent n'importe quoi, des Perrier citron. Il y eut un long silence.

— Tu as attendu que ma performance soit passée pour rompre, dit finalement Garance.

— …

— Il y a une autre femme?

— Non. C'est quelqu'un qui n'est pas libre.

Garance accusa le coup de cet aveu et murmura comme pour elle-même :

— On est pareils, on n'aime pas la bonne personne. Elle pensait : « Tu voudrais pas te laisser aimer encore un peu, Vincent? » Une supplication muette, plusieurs fois répétée pendant qu'il la regardait tristement.

Elle lui caressa la figure sans pudeur, sans égards envers les autres clients. Elle savait qu'elle le touchait pour la dernière fois. Il lui prit les mains dans les siennes, non pas pour qu'elle cesse, mais parce qu'il craignait de fondre et de dire qu'il ne demandait pas mieux que de continuer à la voir, comme une amie, ils étaient tellement semblables… des phrases de ce genre, malhabiles et cruelles : on n'offre pas son amitié à une femme amoureuse.

— Pourtant, dit Garance, il s'est passé quelque chose entre nous le jour du lancement de Dave, on a eu le même tempo, exactement, quand on marchait dans la ville.

— Oui, ça a été une belle journée. Les suivantes aussi…

Il lui embrassa les mains. Elle passa un doigt frémissant sur ses lèvres puis le glissa à l'intérieur de sa bouche et parcourut la crête des incisives inférieures, si douces. Elle dit :

— T'en fais pas, Vincent, je ne m'accroche pas.

Elle prit la boîte et partit.

*

Elle marcha longtemps dans la ville. Plusieurs fois, elle voulut jeter la boîte, la poser n'importe où au milieu d'un trottoir, mais elle en fut incapable : ce cadeau était tout ce que Vincent pouvait lui donner.

Quand elle pensa être suffisamment abrutie de fatigue, elle rentra à l'appartement. Après avoir tourné autour de la boîte, elle finit par l'ouvrir, pour y trouver, soigneusement enchâssée dans du papier de soie, une petite lampe de l'orfèvre de l'édifice Belgo. Elle faillit l'échapper : ce jour-là, ils avaient donc vraiment coïncidé, Vincent la désirait, il semblait amoureux et faisait peut-être de vagues projets où elle aurait eu une place. Les larmes lui vinrent, comme une délivrance. Elle se rendit à la volière. La nuit tombait et les oiseaux, qui se préparaient à entrer dans le sommeil, bougeaient à peine. Elle resta immobile elle aussi, accablée, l'esprit engourdi, habitée par une seule pensée : on ne peut imposer son amour à aucun être, sauf aux animaux de compagnie et aux nourrissons. Vincent ne l'aimerait jamais et elle l'aimerait toujours, c'est-à-dire pendant des mois, des années encore peut-être, et lui, marqué par une même fatalité, penserait aussi désespérément à une autre, c'était l'ordre des choses, le seul qu'elle connût, l'immuable distribution des rôles, déjà à l'école elle était folle d'un garçon qui ne vivait que pour voir passer Chloé Desjardins, une grande. Racine avait, dans *Andromaque*, tissé la plus triste de ces chaînes d'amour à sens unique. Les tragédies classiques se dénouaient en vingt-quatre heures, mais la vie était longue et on y brûlait à petit feu, surtout la nuit. Elle était malade d'amour et de solitude et elle n'en pouvait plus de ses nuits blanches. Elle se prit à souhaiter une présence, n'importe laquelle, n'importe quel homme dont le corps ferait écran à l'absence de Vincent. Dormir avec un autre corps, inconnu, qui la frôlerait parfois. « [...] *aimez votre solitude, supportez-en la peine : et que la plainte qui vous en vient soit belle.* » écrivait Rainer Maria Rilke à un jeune disciple. Ces propos sentencieux la tourmentaient depuis des années, et les ayant retournés dans tous les sens, elle n'avait plus que deux mots pour les qualifier : condescendance et duplicité. Au moment où il donnait si généreusement ses conseils, Rilke ne vivait pas seul ; il avait son nid double. Peut-être rêvait-il d'une chambre à lui, d'une solitude passagère et féconde, tout le contraire de l'éternelle quarantaine qui était son lot à elle.

Elle ouvrit l'ordinateur et rédigea une annonce pour les journaux : « Femme de 35 ans, saine de corps, jolie et peu bavarde, cherche compagnon de sommeil. »

Glace noire

François exécrait l'hiver et Garance vivait le temps des fêtes comme un sinistre carnaval où il fallait mimer le bonheur. Elle avait beau se connecter mentalement aux milliers d'autres solitaires, cette foule ne lui tenait pas compagnie ; il n'y a pas de confrérie des esseulés.

*

François ne détestait pas tant le froid de l'hiver que sa noirceur, les jours cruels autour du solstice, alors que la lumière, au plus bas, recommence à monter à si faibles doses qu'on a l'impression de marcher au fond des abysses sur un plateau sans fin. « Même ceux qui croient aimer cette saison en souffrent sans le savoir, disait-il, ils deviennent blêmes, apathiques et maussades. » « Tu exagères », lui rétorquait Marité. Elle n'était ni blême ni maussade.

Quelques jours avant Noël, elle rentra à la maison avec une chanson aux lèvres et une épinette. L'arbre, qui n'était pas gelé, embaumait déjà. François descendit de son bureau et ils entreprirent de le décorer en choisissant les pièces les moins décaties de leur assortiment de brimborions accumulés au cours des années ; bricolages des enfants, guirlandes, chevaux de bois, rennes, lunes de papier d'argent, anges aux ailes de raphia, cristaux de neige et boules de toutes les dimensions. Après quoi ils s'assirent pour admirer leur ouvrage et trinquer au retour de Gabriel. Ils iraient le chercher à Dorval dans quelques heures à peine, cette année serait faste, ils seraient tous présents au réveillon, la famille au complet, dit Marité, et personne ne sera malheureux, je te le promets.

Son optimisme était partiellement fondé ; le 24 au soir, les membres de leur tribu déballèrent des cadeaux soigneusement disposés au pied de l'arbre de Noël le plus kitsch du quartier.

*

Garance et sa sœur subirent le morne réveillon de leurs parents, agrippés tous deux à la bouteille de scotch qui leur tenait lieu de religion. Garance ne parvint pas à détacher sa pensée de Vincent, elle l'imaginait dans sa famille ou avec une femme.

*

Dans la soirée du 24, le vicaire de Notre-Dame participa à la célébration de la messe à titre de co-officiant. En retournant à la sacristie après la cérémonie, il jeta un coup d'œil machinal à la crèche et la trouva étrange. Que faisaient ces personnages ridicules autour du petit Jésus ? Et Marie – cheveux châtains, traits aryens, poitrine plate – avait l'air incompétente ; toute vierge qu'elle fût, elle avait été une *Jewish mother,* et pour ça, il fallait de l'aplomb. Il revit Garance marchant avec lui vers le presbytère, l'attache de son cou, le délié de la mâchoire, le port de tête aussi élégant que celui des Noires. Garance Lemieux était belle à faire défroquer un pape. Le vicaire soupira et se contenta d'enlever sa chasuble.

*

Le lendemain, jour de Noël, Garance alla dîner avec madame Pesant. Elle lui apportait un bouquet, un cadeau et le repas des Petits Frères des pauvres, dont la devise était : des fleurs avant le pain. Un vieil ourson trônait à table, sur une chaise. Il n'avait pas de couvert, mais Garance soupçonnait madame Pesant de lui en mettre un lorsqu'elle était en sa seule compagnie.

La vieille femme évoqua le docteur Gillmore pour la énième fois et son travail dans une usine d'obus, du temps qu'elle était « fille ». Pas un mot de sa fille. En desservant, Garance lui proposa un massage.

— J'ai mal dans le dos, dit madame Pesant. C'était sa formule pour acquiescer.

Être touchée constituait à ses yeux une sorte de péché, et elle aimait croire qu'il s'agissait là d'un acte purement curatif. Elle avait mis longtemps avant d'accepter les massages. Pas question de s'allonger ni d'ôter ses vêtements, elle inclina simplement le buste sur la table. Garance lui massa le dos, la tête, les bras, les mains, graciles, puis elle l'aida à se relever et, comme toujours, elle lui demanda : « Je vous masse les pieds ? » Comme toujours, madame Pesant répondit qu'elle n'avait pas mal aux pieds.

Garance la dorlota encore un peu, puis elle se hâta de rentrer à l'appartement. Elle avait invité à souper Dave et son copain, Aïcha et son mari, et bien sûr, sa sœur. C'était le premier Noël du couple algérien, vécu de l'intérieur, chez des gens de culture chrétienne. Ils en vinrent à parler du sens de cette fête.

— Il paraît que Noël veut dire paix, hasarda le mari d'Aïcha.

Ah oui ? Peut-être. Joie et paix. Et dérision. Combien de conflits actifs ou larvés dénombrait-on dans le monde? – c'était Dave qui posait la question. Ils étaient chanceux de vivre dans ce pays facile et mou, qui portait la guerre en dehors de ses frontières. Ils achevaient de boire l'apéro. Après l'entrée, le vin aidant, ils se trouvèrent tous très sympas et convinrent que leur groupe improvisé était quasi organique. Au son de l'*Agnus Dei* chanté par Richard Verreau, ils attaquèrent le tajine d'agneau, fondant à souhait.

*

Vincent Dagenais et sa sœur étaient tenus de faire acte de présence dans la maison parentale au moins une fois par année, le 25 au soir pour le repas. Son coloc boudait sa famille pour une question de politique régionale. Il se morfondait et déprimait à voix haute. Le sentant au bord de la tentative de suicide, Vincent l'emmena à Laval. Sa mère vivait maintenant seule dans le bungalow d'où elle venait d'expulser son père, c'est mieux comme ça, avait-elle dit.

Vincent immobilisa l'auto devant la porte, qui était exactement vis-à-vis de celle des Beaulieu, « la Gang des parfaits », comme les appelait sa sœur. Tous deux étaient sûrs que dans la merveilleuse et parfaite famille Beaulieu – un père et une mère qui ne s'étaient jamais crié par la tête et deux enfants contents d'avoir été adoptés –, on allait manger ce soir la dinde sacrificielle dans la plus authentique gaîté. Au moment où Vincent coupait le moteur, un miracle se produisit : Myriam sortit de la maison parfaite. Un châle sur les épaules, elle avançait dans l'allée sous une fine neige. Il baissa sa vitre et Myriam, qui l'avait vu, lui sourit d'un sourire franc, magnifique, sans gêne.

— Joyeux Noël, Myriam !

— Joyeux Noël, Vincent !

Elle ouvrit la portière d'une voiture, y plongea – le tissu de sa jupe miroitait sur ses hanches –, elle se redressa avec un sac cadeau et courut vers la maison des Beaulieu. La neige perlait dans sa chevelure.

— À un de ces jours ! lui lança Vincent.

— Oui ! À un de ces jours.

Elle s'était retournée. Son regard s'attarda sur lui puis elle disparut à l'intérieur de la maison.

*

Garance avait reçu beaucoup de réponses à son annonce. Une flopée de dormeurs, plus ou moins paumés, plus ou moins vicieux, avait défilé dans son lit. Bien peu se rendaient jusqu'à l'aube, ils dormaient mal, et ceux qui s'aventuraient à baiser baisaient mal. Elle les remerciait de leur collaboration ou se réfugiait sur le divan, les laissant à leurs ronflements.

Le matin du Jour de l'An, après une nuit d'insomnie aux côtés d'un mufle remuant, elle mit fin à l'expérience et s'avoua qu'elle était en dépression « légère » ; ce n'était qu'une phase de sa peine d'amour, un frêle pépin qu'elle avait l'intention d'écraser du talon comme la Vierge écrabouillant le serpent Satan.

*

Ce même premier au matin, sur le coup de sept heures, le téléphone sonna chez François et Marité. C'était le gars des vues.

— En quel honneur et pourquoi si tôt ? lui demanda François, dérangé au milieu d'un rêve d'écume et de sang.

Son interlocuteur – voix suraiguë – venait d'avoir l'idée de la décennie : porter à l'écran *La saga des survivants.*

— Ah, dit François.

— On peut se voir?

— Si tu veux.

— Tu peux te libérer pour luncher?

François allait répondre c'est ça, on se rappelle et on prend rendez-vous, quand il se rendit compte que l'autre parlait de la journée même. Il se réveilla complètement :

— Es-tu malade! J'attends vingt personnes pour le brunch.

Et il raccrocha.

La proposition lui trotta dans la tête tout l'avant-midi pendant qu'il aidait Marité et Myriam à mettre la dernière main au repas. Puis un accident vint bouleverser l'ordre de ses priorités et il oublia complètement le gars des vues.

La maison était pleine de chansons et de rires. Vers la fin du repas, Marité partit porter un plat à la cuisine, où elle surprit Gabriel en flagrant délit : il buvait une rasade de lait à même le carton. Elle pensa avec attendrissement qu'ils l'avaient mal élevé, François et elle, et qu'il était trop tard : on ne fait pas de remontrances à un monsieur de trente-cinq ans. Elle articula quelques mots d'une voix pâteuse; elle tentait de dire que le plat pesait dans ses mains, il fallait qu'elle le dépose avant de l'échapper... Gabriel laissa tomber le carton de lait et se précipita vers sa mère. Bien qu'il fût surtout habitué à diagnostiquer des cas de malnutrition, il reconnut immédiatement les symptômes d'une ischémie cérébrale transitoire annonçant un éventuel accident cérébrovasculaire.

À l'hôpital, dans le fumoir, il tenta de rassurer François : maman ne va pas mourir, c'est une défaillance mineure, elle a été chanceuse, ils étaient chanceux de ne pas l'avoir perdue... Mais il voyait que ses formules de médecin n'atteignaient pas François, incrédule et paniqué :

— Qu'est-ce que ces femmes qui claquent trop jeunes comme des mecs trop gras ? Marie-Lyre, puis Maryse. Et maintenant ta mère ! Elle peut pas nous faire ça !

Il quêta une cigarette à Gabriel et recommença à fumer après quinze années de sevrage.

Marité se rétablit. Et François retourna à ses écritures sur la pointe des pieds ; il la surveillait. Elle n'avait plus le droit de travailler « comme une folle », selon l'expression de Gabriel. Elle n'avait plus le droit de travailler du tout. « Qu'est-ce que vous imaginiez ? dit-elle. Que j'allais vous fausser compagnie si tôt ? Je ne suis pas une lâcheuse, moi. » « Prouve-le, avait répondu Gabriel, et tiens-toi tranquille. »

*

Le temps rentra pesamment dans son cours. Un temps immobile. Ils vivaient tous au ralenti, dans la longue attente du printemps.

L’amitié paternelle

À la mi-février, lors d’un match de hockey, François vit se dessiner une embellie.

Le Canadien rencontrait les Trashers d’Atlanta, une partie au cours de laquelle, selon les analystes, la glace allait « chauffer ». Tibodo et Laurent arrivèrent tôt et chacun se positionna : Laurent prit *sa* berceuse, Tibodo le fauteuil en cuir que François venait d’offrir à Marité. Gabriel était déjà allongé sur le tapis, le nez dans une revue scientifique comme du temps de son adolescence.

— Bonsoir messieurs ! lança Félix depuis le portique. Il fit l’accolade à François : Bravo, beau-papa, bravo !

— Bravo pourquoi ? dit François.

— Pour ton article. Tout le monde en parlait aujourd’hui à ma répétition.

Un journal danois venait de publier des caricatures du prophète Mahomet et une bonne fraction de l’humanité adulte – celle qui n’était pas parquée dans des camps de réfugiés ou des bidonvilles ou clouée à des lits d’hôpitaux – discutait de la réaction des musulmans intégristes, lesquels avaient hurlé à la profanation et exigé la destruction de tous les exemplaires du torchon sacrilège. Révolté par tant de fanatisme, François avait fait parvenir au quotidien *Le Devoir* une lettre dans laquelle il défendait la liberté d’expression.

— Pas mal, ta lettre, dit Tibodo. Tu aimes les journaux, maintenant !

En fait, il était entièrement d'accord avec François et avait lu trois fois le texte en question, mais du fond de son mutisme volontaire, une once d'envie et le désir de se lancer dans la mêlée le titillaient.

François releva le sarcasme : tout en se méfiant des journaux, il considérait avoir le droit de s'y manifester, c'était sa responsabilité d'intellectuel de se mouiller et de participer aux débats de société. Tibodo convint que cette querelle appelait le mouillage d'intellos car elle mettait en cause non seulement la liberté de parole, mais aussi l'humour, qui était, en soi, un mode de préhension du monde. Pour un œil non aveuglé par la foi, certaines pratiques religieuses frisaient le ridicule. Par exemple, le spectacle d'une mosquée bondée de fidèles l'avait toujours laissé baba. Ces croyants qui se prosternaient devant Allah réalisaient-ils que, du même mouvement, ils lui présentaient leurs culs ?

— Une mosquée en prière est une mer de culs, déclara-t-il. Cinq fois par jour Allah se mire dans ces culs pointés vers lui, et son cousin Yahvé-Dieu s'écrie : « Voilà mon image et ma ressemblance ! » Moi, messieurs, j'en déduis que Dieu aime le cul.

Laurent fut le seul à ne pas sourire.

— Qu'en pensez-vous, Laurent ? insista Tibodo, soudainement nostalgique de l'époque où il avait le pouvoir de questionner l'élève récalcitrant.

— Rien, je ne pense rien de l'affaire des caricatures, dit Laurent. Mais vous, Jean-Jacques, ne perdez jamais une occasion de parler de cul.

Le prof Tibodo répliqua en citant le Coran, de mémoire, le livre étant désormais interdit de séjour chez François.

— Tu le mémorises ! s'écria celui-ci. Tu te donnes la peine de le mémoriser juste pour m'emmerder !

— Han, han, han, ricana Tibodo.

Son rire était si communicatif que Félix et Gabriel se mirent à rire eux aussi.

— Tu pourrais jeter ton dévolu sur les poètes persans précoraniques, ajouta François.

— Mais je les connais ! fit Tibodo d'un ton de diva offusquée, je les ai lus, je les ai lus !

Et il enchaîna sur la situation des hôpitaux montréalais ; le matin même, il avait mariné trois heures à Saint-Jean-le-Bobo avant d'être tâté dans son intimité par un spécialiste de la prostate, le temps de mesurer les conséquences de l'incurie du gouvernement : locaux vétustes, hygiène défaillante – on ne torchait plus les toilettes –, couloirs encombrés de corps défaits, infirmières soûles de travail, on se serait cru dans le quart-monde… Il se tut parce que Antonio venait de s'asseoir devant lui et il pensa que l'infirmier avait le droit de regarder en paix le hockey après une journée passée dans le sang, l'urine, la bouffe de cafétéria et sans doute pire encore, décidément, il faisait des progrès dans l'art du savoir-vivre, il s'en félicita et lança le nom de Michelle Bachelet, récemment élue présidente du Chili, c'était là un sujet porteur d'espoir. Il se sentit positif et bon.

— Quelle belle lettre ! dit Antonio à François. Je l'ai affichée sur le babillard de mon département.

— Ça commence, dit Laurent.

Il monta le son du téléviseur.

La première période se déroula sans histoires, ponctuée d'exclamations et de remarques sur le noble jeu du hockey : techniques, parades, bagarres et débandades.

À la pause, les Trashers menaient la partie. On questionna Gabriel sur sa prochaine mission. Il fit celui qui ne sait rien. Félix demanda à François s'il pouvait grignoter quelque chose, il n'avait rien mangé après sa répétition et le Casse-couilles lui creusait la panse. François l'envoya fouiller dans le frigo; depuis quand était-il gêné? Félix y trouva un reste de saumon, qu'il dévora à même le contenant. François se versa un verre de jus d'abricot et s'assit à table. Félix s'assit devant lui. Hugo entra par la porte d'en arrière et s'enquit du score : qui gagnait?

— Les méchants, répondirent François et Félix.

Hugo fila au salon en sifflotant. Il prenait pour les méchants. Gabriel vint chercher des ustensiles pour Antonio qui s'était fait livrer une pizza, et il repartit avec trois bières. Félix semblait osciller sur sa chaise comme un ours sur un fil de fer. François se rappela ses étudiants voulant négocier une modification de note, piétinant à la porte de son bureau et doutant déjà des résultats de leur démarche.

— Ça va, toi? dit-il.

— Ça va.

— Ça va vraiment?

— Ouais. Et toi?

— Qu'est-ce qui va pas, Félix?

— Rien. (*Un temps.*) Je voudrais te parler.

— Mais parle!

— ... J'ai manqué de cran.

— Ah oui? Comment ça?

— Ben... la fois du monologue.

François se raidit malgré lui.

— J'aurais dû t'en parler avant, continua Félix.

— T'es pas obligé de m'en parler.

— Mais je veux t'en parler.

— Ça recommence! cria Gabriel.

— On arrive, répondit François.

Ils ne bougèrent pas. Le dialogue s'amorça lentement, avec des phrases inachevées et des silences. Félix fit allusion à Vincent Dagenais en le qualifiant de taré : François l'avait pris pour modèle, c'est ce qui l'avait paralysé, ce monologue était trop proche de lui, il s'était senti visé. François réprima un sourire; il revoyait la bette de son gendre au lendemain de son affrontement avec le caméraman. Il admit avoir eu l'idée du personnage d'Arnaud en observant Dagenais au parc. Mais il ne le connaissait pas. De toute façon, il ne s'agissait que de points de repère, il écrivait de la fiction, pas du documentaire. Il essayait d'imaginer.

Félix parut ébranlé :

— Comment peux-tu *imaginer* aussi juste? Rien qu'à observer Dagenais, tu l'as deviné. Son père était tellement paresseux que sa mère allumait le barbecue, jetait les steaks sur la grille et criait : « Léo, les steaks sont partis! Si tu t'en occupes pas, y vont brûler. » Léo se traînait les pieds jusqu'au barbecue. Il se traînait les pieds! Comme dans ton texte.

— Ça, c'est ce qu'on appelle « le fruit du hasard ».

— Pourtant tout concorde! Le père qui donne le gros brochet au narrateur, c'est le mien. On n'allait pas à la pêche mais au Forum, et papa offrait son billet supplémentaire au tit-Vincent-d'en-face-qui-fait-pitié. J'haïs les gens qui font pitié!

François émit un grognement pouvant passer pour une approbation.

— Quand il fallait trimbaler Dagenais au hockey, mon père changeait; on n'avait pas notre complicité habituelle…

Une clameur vint du salon, soulignant un but. Les deux hommes écoutèrent la description de la reprise sans bouger. Le gardien Cristobal Huet semblait en arracher. Pouvaient-ils quelque chose pour lui? Non. Et maintenant que le sujet était lancé – une conversation que François avait attendue tout l'automne –, il voulait en savoir davantage. Félix se remit à osciller sur sa chaise et à parler par bribes : La qualité du monologue n'était pas en cause… sa thématique peut-être… le personnage du père indigne l'énervait… le sien était un bon gars et il ne voulait rien savoir du « spermeux ». François avança qu'il y avait deux pères dans son texte, le déplorable Gilles, mais aussi Arnaud, une figure de l'oncle maternel qui, dans certaines cultures, prenait le relais du père biologique. Une figure positive. Qu'est-ce que tu en penses ? Félix répondit abruptement qu'il ne voulait pas discuter ni se justifier, seulement être pardonné. Il s'excusait ! Il s'excusait d'avoir été chien, O.K. ?

— T'en fais pas, dit François. Si ce texte-là est solide, je trouverai bien le moyen de l'utiliser quelque part.

Félix sourit. Et François, soudainement euphorique, se souvint qu'il avait des amis au salon.

*

Les méchants gagnèrent par un point marqué lors d'un avantage numérique. Hugo s'en réjouit – silencieusement, pour ne pas altérer la magnifique déconfiture des autres. Antonio partit le dernier après avoir confié à François une « grande nouvelle ». Celui-ci monta l'escalier au pas de course. Marité lisait dans sa chaise longue. Il l'embrassa entre la clavicule et l'épaule, dans ce petit creux qu'il aimait tant, et dit :

— Elvire a cédé, elle se marie, Antonio vient de me l'apprendre !

— Mmm, chantonna Marité en réponse à la caresse et à la nouvelle.

— T'es pas surprise ?

— …

— Tu le savais !

Marité fit signe que oui. Elle était belle et détendue. Aucune séquelle de son ACV « mineur ». François eut le goût de la baiser sur la bouche, sur les paupières, sur la bouche encore, les pieds, les seins, le ventre, le sexe, les jambes, le goût de l'ouvrir et de la pénétrer. Il lui prit la main et la mena jusqu'à leur lit.

Une fois repus, ils s'endormirent.

François se réveilla quelques heures plus tard. Il alla éteindre la lampe de lecture et retourna se mouler contre le corps tendre de Marité. Il n'avait plus sommeil et pensa à Garance, il pensait toujours à elle dans ses heures d'insomnie, ils avaient ça en commun, ce gouffre intérieur. Il ajusta son souffle à celui de Marité et se mit à compter ses respirations, mais très vite sa conversation avec Félix lui revint. Ainsi, son texte n'était pas mauvais, pas complètement nul. À retravailler peut-être. Tout était toujours à retravailler, même les lignes publiées. Il le reprendrait pour en faire le centre de son roman sur l'automutilation. À l'origine de la haine de soi, il y a la défection du père, qui laisse des traces particulières chez les mâles : impuissance affective ou, au contraire, besoin immodéré de donner, d'assumer, d'avoir des enfants pour les gaver d'affection. C'est ce qu'il avait voulu montrer dans *Les lacs de mon enfance*. En écrivant ce monologue, il avait cru participer au questionnement des dernières années sur la paternité. Quelle avalanche de pères soudain dans le cinéma québécois ! Et même chez les personnages les plus conventionnels, la tendresse et la bonté émergeaient comme des îles volcaniques. Ces sentiments n'étaient pas nouveaux pourtant, déjà, au tournant du XVIIe siècle, Malherbe s'étonnait du chagrin d'un ami ayant perdu sa fille : *Ta douleur, Du Perrier, sera donc éternelle, / Et les tristes discours / Que te met en esprit l'amitié paternelle / L'augmenteront toujours !* – eh oui, vieil imbécile, elle était du monde où les plus belles choses ont le pire destin, et on ne se console jamais de la mort d'un enfant, qu'on soit sa mère ou son père. Comment pouvait-on encore si mal mesurer la force de *l'amitié paternelle*? L'avait-il bien décrite ? Il se sentit glisser vers le doute. Pour faire marche arrière et prolonger le moment de grâce né des excuses de Félix, il redevint attentif à son souffle et s'abandonna au bonheur de cette réconciliation : dès que le fils s'amende, vous oubliez ses écarts et redevenez vulnérable, mais qu'importe ! vous êtes heureux. Dans son sommeil, Marité posa sa main sur lui en un geste de possession tranquille. Il aimait ce poids. Il s'endormit à l'aube dans la pensée diffuse que les arguments avancés par Félix pour avoir rejeté son monologue constituaient de piètres excuses : il mentait par omission, ou il se mentait à lui-même. Mais ce n'était pas une raison pour ne pas lui pardonner.

L'érable ignore la solitude

Vincent n'a aimé de moi qu'un reflet que j'ai sous les paupières et qu'il est le seul à voir, pensa Garance. Elle examina les sanguines accrochées aux murs de l'appartement, des autoportraits sur lesquels elle s'était infligé, sous chaque œil, un trait bleu évoquant davantage une biffure ou l'incision d'un couteau qu'un reflet lumineux. Depuis janvier, elle s'était remise à dessiner, pour se reconstruire. Elle se disait qu'à force de retracer sa figure, un jour, elle n'aurait plus ces cernes sous les yeux, elle se retrouverait, intacte, et serait délivrée de Vincent. Malheureusement, elle l'avait revu la veille au prévisionnement du film sur le RASI. Chaleureux, charmant et amical, alors qu'elle était encore amoureuse de lui. Elle avait mal dormi et s'était levée en colère. Dehors, une neige sale traînait sur les trottoirs bien qu'on fût en mars.

Elle vit tout de suite que le client était un « gobeur d'énergie ». L'odeur de son eau de toilette, mêlée à celle de sa peau, et son attitude physique, tout en lui dégageait la mesquinerie, mais ce n'était pas le bon mot. En le massant, elle chercha ce mot : égoïste, inerte, pourri, létal, elle n'avait que des termes négatifs pour le définir. Elle lui fit un massage techniquement parfait sans s'investir. Après son départ, elle se lava longuement les mains et, incapable de se concentrer sur la préparation de sa performance pour Vanveerdam, elle sortit marcher dans la ville.

*

Comme François éteignait le four, le téléphone sonna.

— Qu'est-ce que tu fais ? demanda Garance.

— Rien. Et toi ?

— Je prends l'air. Tu viendrais pas me rejoindre ?

— Où ça ?

— Je suis devant chez toi.

— Alors entre ! Je viens de faire un gâteau.

— Non merci.

François marcha vers la fenêtre avant et la vit à l'orée du parc à travers le flux des véhicules. Son cellulaire à la main, elle valsait, et elle était aussi gracieuse que la première fois qu'il l'avait remarquée à l'université lors d'une collation des grades au département de théâtre.

— Tu refuses de manger mon gâteau ?

— J'entre pas chez toi, c'est le territoire de ta femme.

— Je suis seul. Marité est allée voir sa mère.

Garance cessa de danser.

— Allez, sors ! Viens te promener avec moi…

— Bon, j'arrive, concéda François.

Il coupa un morceau de gâteau, enfila sa vareuse et rejoignit Garance, qui lui sauta au cou comme une gamine. Ils entrèrent dans le parc en mangeant le gâteau. Il ne faisait pas froid et un pâle soleil luisait sur la neige encore dure. « Pour une femme malheureuse, elle semble plutôt bien », pensa François. Il eut le goût de dire : « Alors, cette dépression, ça va ? » Formule stupide. À mettre dans la bouche d'un personnage insolent. Avant qu'il eût trouvé mieux, c'est elle qui le questionna : Comment allait-il ? Bien. Depuis l'accident de Marité, ses doutes d'écrivain lui paraissaient futiles, il les conservait pour ses nuits d'insomnie, et le jour, il était normal... Et le scénario de *La saga* se présentait bien ? François eut l'air étonné : ils ne s'étaient pas beaucoup parlé récemment... il n'y aurait pas de scénario car il avait éconduit le gars des vues depuis un bon moment déjà, personne ne viendrait lui massacrer ce texte-là, pas de son vivant !

— Tu m'as déjà dit que tes œuvres publiées ne t'intéressaient plus. Je croyais que tu te fichais de *La saga*...

— Pas au point de la voir contrefaite.

— Et la somme que ça t'aurait rapporté ?

— J'ai bien assez d'argent pour vivre.

Garance le regarda avec admiration.

— Tu as des miettes de gâteau sur ton manteau, dit-il.

— Toi aussi.

Ils s'époussetèrent mutuellement.

— Tu dansais, tantôt... Tu vas mieux ?

— Je crois pas, non.

Silence.

— C'est long, une dépression, dit finalement François. Il regretta aussitôt sa plate remarque.

Avec la vivacité d'un acteur de *commedia dell'arte*, Garance lui rétorqua qu'elle déprimait à temps partiel. Elle avait l'angoisse légère. Puis, en une pirouette, elle changea de sujet et parla de ses projets : la performance pour Vanveerdam, temporairement appelée *Touche-moi !*, se trouvait dans une impasse, mais ses expérimentations sur la « chaste guénille » n'avaient pas cessé. En six mois, elle avait peint, teint et cousu des hidjabs à double ou triple sens et s'était amusée à mêler des signes antinomiques. Sur un voile, elle avait reproduit le fleurdelisé québécois ; sur un autre,

Le déjeuner sur l'herbe de Manet ; certains affichaient une croix, une étoile de David, ou les deux entrelacées, ou une feuille de cannabis ; d'autres portaient les mentions *Propriété privée, Chasse gardée, Occupée / Occupied* ; d'autres encore des phrases du type « Je suis chauve ». François s'esclaffa. Et l'idée lui vint pour la première fois que Garance ne supportait pas d'être pénible, il fallait à tout prix qu'elle fît rire son auditoire, fût-il composé d'un seul individu : elle avait un tempérament histrionique. Jusqu'où fallait-il creuser pour toucher sa détresse ? Il passa son bras autour de ses épaules et ils marchèrent quelques minutes en silence. Ils prirent un sentier tracé par les piétons au milieu d'une clairière où se dressait un arbre imposant.

— J'aime bien les érables argentés, dit François. Celui-là est vieux, il a deux cents ans, peut-être.

— Mais il est seul.

— Dans la nature, ils poussent en colonies.

Garance s'extasia de ce qu'il pût identifier les arbres sans leurs feuilles. C'était facile, ma chère, il suffisait de regarder la forme générale du spécimen, son port, son écorce… Il en savait des choses, dit-elle, mi-moqueuse. Oh, si peu ! et puis, en soixante ans, on avait le temps d'apprendre le nom de tous les arbres et d'apprivoiser l'idée de la mort…

— As-tu déjà été seul, François ? Aucun de tes personnages n'est seul.

Vraiment ? Il n'avait pas remarqué. Oui, il avait déjà connu la solitude. À en être malade. Avant Marité, quand il était jeune et croyait qu'aucune femme ne voulait de lui.

— Ça a duré longtemps ?

— Un an ou deux.

Elle eut un sourire triste :

— C'est rien, quelques années.

Ils traversèrent l'étang déserté par les patineurs et défoncé. Ils montèrent un talus et s'appuyèrent au tronc d'un arbre. François tendit sa main vers le ciel : « Regarde, Garance ! » Comme elle leva la tête, il lui effleura le menton. Elle rit et pensa que son petit bonheur de la journée venait de passer dans cette caresse.

— Je te présente l'érable à sucre, déclara François, *acer saccharum*, un sujet en santé, qu'on pourrait entailler.

Elle contempla la ramure chargée de bourgeons prêts à éclore, puis ils reprirent leur marche en tournant vers le nord. Une neige folle déviée par le vent leur poudrait le dos.

— Tu sais, dit Garance, adolescente, j'avais souvent la tentation de me mutiler, je me marquais avec des stylos, je me mordais et m'égratignais. Comparée à ma sœur, j'étais trop lisse.

François ne répondit rien, ému de la confidence. Quand il fut capable d'articuler quelques mots, il dit :

— Tu verras, dans les *Carnets* de Maryse O'Sullivan, elle aussi... Il laissa sa phrase inachevée.

Ils remontaient l'allée des cyclistes. De loin, Garance reconnut la silhouette d'un homme qui venait vers eux. En les croisant, l'homme la dévisagea.

— Comme il t'a regardée ! dit François.

— Tu le replaces ?

— Je l'ai déjà rencontré ?

— C'est le vicaire de l'église Notre-Dame. Depuis l'aventure de la crèche, je le trouve toujours sur mon chemin. Dans des endroits inattendus. Je comprends pas.

— Il te suit.

— Il peut pas me suivre, on se croise toujours.

— On peut très bien croiser quelqu'un qu'on suit, crois-moi !

François avait son air narquois, mais Garance s'assombrit : le fait d'occuper la pensée d'un homme ne l'avait jamais flattée ni consolée de ses insuccès amoureux.

— Il te plaît ? demanda François.

— Non. En voilà un autre qui regarde du mauvais côté.

— Il est plutôt beau...

— Il est brillant, et j'aime sa tournure d'esprit.

Elle soupira, car le désir du vicaire la dévastait : elle ne pourrait jamais l'assouvir. Elle dit : « Je vais rentrer », et accéléra le pas. François la saisit par la manche, la forçant à ralentir puis à s'arrêter :

— Qu'est-ce qui te fait mal à ce point-là, Garance ?

Elle haussa les épaules :

— Rien. Le vide.

Il pensa à leur amour d'autrefois, impossible. Elle dit :

— Prends-moi dans tes bras, s'il te plaît !

Il ouvrit son manteau et l'enlaça. Elle sentit la brûlure de ses mains dans son dos, puis sans un mot, elle se retourna et partit, face au vent.

*

François arriva chez lui en même temps que le messager des éditions Pourquoi pas. Il saisit l'enveloppe et grimpa à son bureau en criant « Allô, c'est moi », mais Marité n'était pas revenue. Laissant tomber sa vareuse sur le plancher, il déchira l'enveloppe pour respirer le parfum du papier neuf et de l'encre fraîche ; c'étaient les épreuves des *Carnets* de Maryse, « Bon stock et excellent travail, mon François ! » avait déclaré l'éditeur. De toutes les étapes de la fabrication d'un livre, seule celle de la correction des épreuves l'enchantait. Il s'assit à son bureau et commença le travail.

Marité le trouva une heure plus tard, absorbé dans la prose de Maryse.

— Tu ne vas pas jaser avec tes immigrants, aujourd'hui ? C'est ainsi qu'elle désignait les séances d'immersion hebdomadaires du Parloir.

François leva la tête :

— Comment te sens-tu ? Je peux y aller, tu es sûre ?

Marité haussa les épaules, agacée ; elle n'était ni mourante ni impotente. Il l'embrassa dans le cou, ramassa sa vareuse et partit partager sa vision du monde avec un Pakistanais, une Roumaine, un couple de Géorgiens et trois latinos.

*

Après avoir quitté François, Garance marcha sans but précis. Elle finit par s'arrêter dans un bar de la rue Saint-Denis. Elle connaissait la faune du lieu : producteurs de cinéma « autonomes », écrivains, acteurs, chanteurs en puissance. Elle choisit un poète pas trop soûl et décida qu'elle passerait la nuit avec lui. Le poète s'avéra peu doué pour l'amour mais excellent cuisinier.

*

Le lendemain était un jour de visite à madame Pesant. Garance sonna plusieurs fois à sa porte, puis elle tourna la poignée. Dans la cuisine, la radio jouait à plein volume, la table était mise pour le thé et le jeu de cartes sorti. Elle éteignit le poste de radio. Appela madame Pesant. Aucune réponse. Elle fit quelques pas et aperçut, dans la chambre, les pieds de madame Pesant posés sur le couvre-lit bien tiré. Elle avança sans bruit. Couchée sur le côté, la vieille femme respirait paisiblement. Son corps formait une petite masse longiforme sans aucune saillie de la hanche, rien qui rappelât les courbes féminines. Elle portait une robe d'été sans manches, des bas nylon couleur chair, ses bijoux habituels – bagues et boucles d'oreilles – et elle s'était maquillée : du rouge à lèvres fuchsia débordait de sa bouche mince et des traits charbonneux indiquaient l'emplacement de ses sourcils. Ses bras, aux veines bleues et grosses comme des lombrics, étaient refermés sur son ourson. Elle était l'image même de la solitude. Garance détourna les yeux, sortit de la chambre et s'assit à la table devant la théière et les tasses dont une était ébréchée. Elle avait l'impression d'avoir vu madame Pesant nue jusqu'aux os.

Quand elle eut retrouvé sa sérénité, elle retourna auprès de la dormeuse et, agenouillée au bord du lit, elle commença à lui masser la main droite. Après quelques effleurements, un sourire fit frémir le rouge à lèvres de madame Pesant.

Le pourpoint de Benvolio

Les noces d'Elvire et cher Antoine furent une réussite dans le genre : valse, rock et reels, quelques discours et beaucoup d'émotion. François, vaguement ivre, chercha un coin tranquille sur la galerie pour se ressaisir. Il s'assit sur un rebord de fenêtre derrière un énorme schefflera en pot. Gabriel et Félix sortirent à leur tour « en fumer une ». Ils ne le virent pas. Félix arborait un jeans neuf et un pourpoint de style Benvolio dans *Roméo et Juliette,* il s'agissait précisément de son costume de Benvolio, emprunté à l'École de théâtre avec la complicité du magasinier.

— C'est pas un mariage costumé, dit Gabriel.

— Tous les mariages le sont, répliqua Félix, et j'ai pas les moyens de me louer un frac.

Sur quoi les deux gars s'appuyèrent à la rampe pour contempler le lac, tout juste calé, un beau lac sauvage, preuve que l'Épagneul bourru, qui prêtait gracieusement sa maison pour la fête, n'avait pas mauvais goût. Félix roula un joint de mari, le tendit à Gabriel, et ils se mirent à parler de tout et de rien, de son triomphe dans *La mère à boire,* de hockey, de Berlusconi enfin dégommé du pouvoir politique. François allait intervenir quand la conversation prit un tour intime qui le figea. Félix venait de demander à Gabriel s'il comptait rester longtemps à Médecins sans frontières et continuer de se doper à l'adrénaline.

Le plus longtemps possible, répondit Gabriel, il aimait l'adrénaline et avoir l'impression d'être utile. Mais sa blonde, si patiente et si généreuse, si accommodante et si empathique, en avait un peu marre de le suivre dans ses missions et elle souhaitait qu'ils s'arrêtassent quelque part, à Montréal par exemple, pour y construire un nid et avoir des enfants.

— Chanceux ! s'écria Félix, elle est con-sen-tan-te ! Profites-en !

Et il se lança dans un réquisitoire franchement pathétique : il voulait un enfant depuis sa propre enfance, avait toujours aimé les bébés, était tanné de les draguer en cachette, en avait plein le cul de jouer le mononcle avec les flos des autres, se demandait quand son tour viendrait, n'en avait aucune idée, attendait le bon plaisir de Myriam, n'osait pas lui en parler car elle enchaînait les rôles de jeune première et, soir après soir, elle avalait ses maudites pilules contraceptives sans jamais en oublier une, il était comme tous les mâles depuis le début de l'humanité, dépendant de la femme qui accepterait de porter son enfant, on fait dur, mon pauvre Gabriel, le libre choix n'est pas pour nous ! L'amertume perçait dans sa voix. Il dut le sentir parce qu'il continua sa tirade sur le ton de madame Brodeur : Pourquoi s'était-il affublé de ce vêtement bizarre ? Par erreur, madame Brodeur ! Il aurait pu y penser, pourtant, à l'École, quand il avait travaillé Benvolio selon une variante édulcorée de la méthode de Stanislavski – une idée stupide du metteur en scène, soit dit en passant –, il avait dû imaginer le passé et l'état de santé de son personnage et en avait conclu que Ben, ce cousin bonasse du sémillant Roméo, ce second rôle qui n'avait pas une seule réplique punchée, était, de surcroît, impuissant. Le destin est barbare, madame Brodeur, et grande la servitude du mâle ! Il commença à délacer le pourpoint funeste.

— T'es pas impuissant ! dit Gabriel en riant – probablement sous l'effet de la mari.

François, témoin involontaire de ces confidences, eut le goût de serrer Félix contre lui. La compassion dilua ses derniers relents d'amertume : l'incident du Café Esperanza n'avait jamais eu lieu. Par contre, il se rappela ce lointain après-midi au cours duquel il avait péroré sur le phénomène des nouveaux pères avec des étudiants venus le voir au parc. Après leur départ, Félix avait eu ce commentaire aigre-doux : « Ils sont *cute*, les nouveaux pères. Ben *cute*. » Il prétendait que la paternité ne l'intéressait pas, mais ses gestes le démentaient : à chaque réunion de famille, il avait un petit suspendu à ses basques ou dans les bras. Et lui, François, qui se posait en observateur de la société, n'avait jamais perçu ce signal : Félix était, tout comme le personnage d'Arnaud, un homme en mal d'enfant.

François relata cette conversation à Elvire quelques semaines plus tard par un calme après-midi du début de mai. Ils étaient sur son banc au parc Lafontaine et n'avaient d'autre projet immédiat que de profiter d'une éventuelle saillie du soleil. Elvire revenait de son voyage de noces et cher Antoine avait déjà repris le chemin de l'hôpital, mais lors de leur escapade à l'Auberge des deux Wabos offrant vue sur mer, effluves et vacarme des flots, tout avait été parfait, y compris les Wabos, des êtres charmants, raffinés, affables, discrets… « Ta noce aussi a été parfaite », glissa François. Tant mieux, tant mieux ! Elle en gardait cependant un sentiment d'irréalité et n'en avait pas vu grand-chose ; que des flashes, les figures souriantes de ses fils et des amis, des bribes de musique.

— Normal, dit François. Les mariés sont trop pris par leurs émotions.

— Qu'est-ce que t'en sais ? Tu t'es jamais marié.

Non. Marité était contre le mariage, et lui aussi. Ce qui ne l'avait pas empêché d'écrire des scènes de noces dans lesquelles les mariés avaient une fonction purement décorative : la fête servait de prétexte aux ébats des personnages principaux. Elvire lui demanda à quels sublimes individus cher Antoine et elle avaient tenu lieu de faire-valoir. François prit le temps de réfléchir. Inutile de lui dire que Mardochée Poitras s'était soûlé à un degré tel qu'on avait dû l'étendre dans une chambre d'amis où il cuvait peut-être encore son vin ; que la poétesse Limoilou s'était ébrouée dans un bosquet en compagnie d'un mec qui n'était pas son conjoint et que des amis de son fils Hugo s'étaient fait une ligne de coke dans les toilettes, cela relevait de la routine.

— J'ai remarqué, dit-il en guise d'introduction, que pour les invités, les noces sont des moments charnières, l'occasion de s'apitoyer sur eux-mêmes ou de se conforter dans leurs choix. Souvent éclatent des révélations, des liens se nouent, il y a des rencontres…

— Qui a rencontré qui ?

Personne, à sa connaissance. Mais il avait vécu, lui, une sorte d'épiphanie à propos de Félix. Et il rapporta *in extenso* la conversation entre ses deux fils. Elvire ne parut pas étonnée. Elle dit :

— Alors, tu as complètement pardonné à Félix…

— Eh oui.

— Tu savais qu'il veut des enfants, non ?

— Tu le savais, toi ?

— Oui.

— Marité aussi. Tu vois comment je manque de flair ! Je ne comprends même pas ma famille.

François resta coi ; un sans-abri passa devant eux. Barbe longue et manteau d'hiver miteux, corps ravagé par l'alcool, il fouillait les poubelles à la recherche de bouteilles vides à récupérer. C'était Ti-Floune Boisjoly, politologue patenté, si prétentieux autrefois, et qui avait craqué à la suite de son divorce. François avait tenté, en vain, de maintenir un contact avec lui ; Boisjoly se débattait dans un univers parallèle, situé à moins cinquante degrés Celsius sous la barre du ratage. Il s'éloigna.

— Au fait, dit Elvire, tu ne doutes pas, aujourd'hui ?

À peine. Comme toujours, François s'était demandé pourquoi écrire alors qu'il y avait déjà tant de livres, mais ça ne l'avait pas empêché de tirer ses lignes quotidiennes.

— Tu ne culpabilises pas non plus ?

— Je culpabilise, moi ?

Elvire le regarda, déconcertée : il traînait la mort de Maryse avec lui depuis des années. Il se sentait coupable de lui survivre.

— Tu exagères, trancha-t-il. En tout cas, aujourd'hui, il était serein et uniquement désireux de parasiter son bonheur. Il revint à la noce :

— Vous étiez émouvants, Antoine et toi. Même ceux qui considèrent le mariage comme un piège étaient contents pour vous deux.

Avec raison, approuva Elvire. Elle avait fait le bon choix. Jusqu'au jour de la cérémonie, régulièrement, elle se disait : encore quelques mois et je laisse Antoine avant qu'il me voie dépérir. Et elle reportait toujours l'échéance. Depuis qu'elle avait cédé à son désir de « vieillir ensemble », la dépendance ne l'effrayait plus. L'autonomie, si vantée maintenant, n'était que la consolation des esseulés. Elle avait la chance de vivre avec un homme exceptionnel et tout simplement formidable. Elle s'arrêta : « Qu'est-ce qui te fait rire, François ? » Rien ! Mais jamais il ne l'avait vue aussi exubérante au sujet d'Antonio et les clichés du discours amoureux jaillissaient de sa bouche, neufs et saisissants comme un poème qu'on entend pour la première fois.

— Continue, dit-il, tu me fais du bien.

*

En entrant chez lui, François nota dans un carnet : Les plus grands chagrins d'amour nous viennent des enfants. Il pensait à Félix et aussi à Gabriel, parti en Afghanistan.

Des années plus tard, tombant par hasard sur ces lignes, il se demanderait pourquoi, connaissant si bien la mécanique de l'amitié paternelle, il avait été incapable de se protéger de Félix Beaulieu, lequel allait, par d'autres voies, le blesser de nouveau.

J'ai l'angoisse légère

François sonna à la porte de Garance vers minuit. Il dit : « Tu es seule ? Je peux partager ton insomnie ? » Et il entra.

— Et Marité ? demanda Garance.

Marité se prélassait dans un spa au mont Verlaine en compagnie de Myriam : cadeau d'anniversaire, trip de femmes.

Il jeta un regard circulaire au salon. Dans une fenêtre, une petite lampe brillait contre la nuit. Le reste de la pièce se perdait dans une pénombre où on devinait des formes recouvertes de bâches.

— Ce sont les sculptures de Dave, expliqua Garance. Il sait plus à qui les refiler.

Sculptures ou draps tendus ou vêtements épars, François avait toujours connu cet appartement encombré et il lui sembla vide. L'habituel parfum de mimosa flottait dans l'air, mais il y avait ici quelque chose de changé. Garance sortit une bouteille de chablis entamée en s'excusant de n'avoir rien d'autre à lui offrir. François sourit, on s'en accommodera, dit-il. Elle le sentit exalté et se rappela le professeur fougueux d'autrefois. Qu'est-ce qui le mettait dans cet état ? Le printemps ? Sans doute, et surtout l'imminence du lancement des *Carnets* de Maryse, enfin l'aboutissement de quelque chose ! Tu viendras demain ? C'est demain, tu te souviens ?

— Je crois pas que Marité tienne à ma présence…

Il contre-attaqua :

— Comment va le projet pour Vanveerdam ? Tu avances ?

Lentement. Cette œuvre tardait à se construire. Ce n'était pas la Hollande qui l'inhibait, mais le thème choisi : le tact, la peau, les textures. La peau. Comment aborder cet autre tabou ? Elle irait du côté de la volupté plutôt que de la répulsion, c'était sûr. Une volupté tolérable. Avec la participation de l'assistance, forcément, mais sans forcer personne, tu vois, c'est pas clair. Et si tu ne m'avais pas trouvée ici ce soir, qu'est-ce que t'aurais fait, François ? Rien. Il serait retourné chez lui à pied, marcher le calmait. Ils se mirent à parler d'errance et d'exclusion sociale, de l'âme, de la mort, des monstres engendrés par le manque de sommeil, des conflits, du Darfour et de l'Irak. Garance avait reçu un courriel sollicitant son adhésion au mouvement Échec à la guerre. Un texte convaincant, la renvoyant à une solide documentation. Elle passa sous silence le fait que le courriel émanait du vicaire de Notre-Dame, qui se rappelait à son bon souvenir.

— Tu vas devenir membre ?

— C'est déjà fait.

La bouteille de vin était vide. Garance souffla la petite lampe, et ils se rendirent à la chambre, défirent le lit et s'y allongèrent comme de vieux époux encore amis. Leurs flancs se touchaient et chacun pouvait sentir la chaleur de l'autre. Après un long moment d'immobilité complice, François attira Garance contre lui et il s'assoupit. Elle garda les yeux ouverts pour être sûre de ne perdre aucun instant de ce bonheur inopiné ; toute une nuit dans les bras d'un homme qui lui plaisait et qui n'allait pas se dérober avant l'aube. François avait la peau ridée par endroits et la masse de ses cheveux s'amenuisait, mais il était encore beau. Il s'éveilla en sursaut et bredouilla : «Je dormais. J'ai dormi longtemps ? » Elle rit : « Même pas deux heures. » Il s'excusa de sa défection, resserra son étreinte et se rendormit... À l'aube, il entendit le criaillement d'un étourneau, puis un autre lui répondre, et le concert extérieur commença. C'est alors qu'il comprit ce qui manquait à l'appartement : pas de caquètements venant du salon, aucun froissement d'ailes. Ce lieu était devenu une oasis de silence dans la rumeur de la ville. Il caressa la figure de Garance :

— Tu dors ?

— Non.

— Où sont les oiseaux ?

— Partis. Le jour de la Saint-Valentin.

Elle se recroquevilla contre lui.

— Tu les as libérés ?

— Oui.

Aussitôt, François vit une femme rabattre les volets d'une fenêtre et des oiseaux bariolés jaillir de la maison pour s'envoler dans un ciel rose et froid. Des dizaines d'oiseaux. Sourire de la femme... Garance redessina l'image : le 14 février au matin, pour bien marquer son « indépendance », elle avait ouvert la cage des inséparables et la volière. Les oiseaux en étaient sortis, hésitants puis de plus en plus hardis, et toute la journée ils l'avaient entourée de leur vol. Le soir, certains étaient retournés dormir à leur place habituelle, les autres s'étaient perchés dans des endroits incongrus. Elle les avait cueillis un à un, mis dans des boîtes douillettes et portés à un autre ornithologue de salon, un copain tolérant mieux qu'elle l'idée d'enfermement. Fin de la période oiselière. Tu vois, François, on peut se détacher de tout. Elle ferma les yeux et s'endormit en se disant que cette nuit était bénie ; pendant ces heures de sursis dans les bras de François, elle avait eu de longues plages d'oubli, quelques minutes sans penser à Vincent.

Quand elle s'éveilla, un rai de soleil déchirait la chambre en deux. François lui sourit. Elle sauta du lit, tira les rideaux et, s'abandonnant à l'air frais du matin, elle murmura : « Sainte lumière ! Encore un beau jour ! » François la trouva ravissante dans sa tunique froissée. Seins fermes, peau lisse, bouche ciselée s'ouvrant sur des dents éclatantes ; elle n'était que jeunesse et beauté.

Ils déjeunèrent de fruits et de café équitable mais un peu amer. Puis François partit, la laissant à sa solitude. Elle le regarda descendre l'escalier et répéta à voix haute : « Quel beau jour ce sera ! » Des merles piaillaient dans un arbre si proche qu'elle aurait pu en frôler les branches. On devinait leur nid à travers les feuilles. Elle pensa aux œufs d'un turquoise délicat, coquilles tièdes qu'elle n'avait jamais touchées. Il ne faut pas s'approcher des nids, encore moins toucher les œufs, parce que les oiseaux les abandonnent alors et se refont une autre couvée ailleurs, c'est ce qu'on lui avait appris à l'école. Le jeune enfant ignore l'interdit, il porte les choses à sa bouche pour les connaître, il mange le monde, toutes les choses et tous les êtres sont plus vieux que lui, préexistants, donnés comme les pierres, et il ne craint pas leur contact ; petite, elle savourait sans gêne la douceur des bras nus de sa grand-mère, leur mollesse proche de la flétrissure. Elle vit la main potelée d'un enfant sur celle d'un vieillard, les deux mains très belles, celle de l'enfant effleure la vieille main tavelée, l'enfant sourit, il est concentré sur le livre du grand-père, non, ce serait une grand-mère. Elle allait filmer ces gestes en gros plan. Que des mains d'enfants, pas de figures ni de livres, pas d'anecdote, que des jeunes mains palpant et caressant de vieilles mains. Ce bout de film donnerait le rythme de sa performance. Elle se tourna vers l'intérieur et fut éblouie par la noirceur de la pénombre.

*

François arriva au parc Lafontaine par la petite rue Gauthier. Il n'aurait eu qu'à le traverser en ligne droite pour être chez lui, mais il obliqua vers le sud pour saluer les grands catalpas surplombant la « butte aux fesses ». Ce jour de mai ressemblait à ceux de son enfance : plein de soleil et de Montréalais étonnés d'avoir survécu à l'hiver. Les gens se promenaient dans les allées en évitant les flaques d'eau, mais lui se risqua sur le gazon, détrempé par les dernières pluies et spongieux sous ses pas. Il aimait cette sensation de mousse et d'interdit. Il prit une allée plantée de jeunes tilleuls, dont le dernier avait un feuillage touffu, plus fourni que les autres. Il resta immobile devant l'arbre, saisi par sa beauté, puis il s'en approcha et s'assit sous la ramure. Il sentit la moiteur de la terre à travers ses jeans, qui seraient trempés, et il s'en fichait, comme il se fichait de son vieux veston de prof. Il eut la fantaisie de s'allonger, bras et jambes écartés dans la position de l'homme de Vinci, la tête à plat sur le sol.

Le tilleul abritait plusieurs oiseaux qui sautillaient d'une branche à l'autre. Dense à l'extérieur, il était vide de feuilles en son centre et il encerclait les oiseaux comme une cage poreuse, évoquant les claires-voies des couloirs mauresques, ou plutôt, c'était l'art qui s'était inspiré des entrelacs de la nature. François soupira d'aise. Loin d'appréhender le lancement de cet après-midi, il l'anticipait avec joie, car ce serait la voix de Maryse qu'on y entendrait plutôt que la sienne.

Il imagina leurs amis rassemblés autour de Laurent et de ses enfants, et il comprit qu'il attendait ce moment depuis des mois, des années. Ce jour marquait la fin de son deuil, peut-être aussi celui de Marité. Dorénavant, il ne serait plus dans l'après-tuerie, l'après-Maryse, il vivrait dans le présent, il y était déjà, baigné par la splendeur du tilleul, sentant l'eau de la terre imbiber ses vêtements et lui entrer dans la peau. Il pensa qu'il avait, lui aussi, l'angoisse légère. Finalement ! Un rien l'enchantait, la tiédeur de l'air, les éclats de voix des promeneurs, cet oiseau dont il entendait le chant sans le voir, on eût dit un carouge, une espèce qui autrefois ne s'aventurait pas dans les villes. Les oiseaux s'envolèrent d'un seul coup, et il fut seul avec l'arbre, dans l'évidence tranquille de ses racines, de son tronc, de ses branches, il sentit qu'il faisait corps avec la terre et la patience de l'arbre et fut saisi par l'intense bonheur d'être en vie. Le temps qui lui était imparti jusqu'à sa mort se fractionnait en d'infimes parcelles de bonheur.

Il rentra lentement chez lui dans ses vêtements mouillés.

Remerciements

L'auteure tient à remercier Pierre Filion pour son intelligence, sa délicatesse et sa complicité.

Elle remercie également Marie-Josée Roy, Anaïs Lachance-Bélanger, François Pizarro-Noël, Marie Lalonde, Gilbert Lepage, Francine Beaudoin, Dominique Desjardins, Isabelle Landry, Nicole Desrochers, Patrick Nantel, Serge Côté, Paul Labrèche et, pour s'être si généreusement prêtée au jeu du voile, Geneviève Bilodeau.

CRÉDITS

Les extraits du Coran sont tirés d'une édition anonyme sans lieu ni date ; la citation de Jean Carrière provient de son livre *Le prix d'un Goncourt*, Robert Laffont/J.J. Pauvert, 1987.

OUVRAGE RÉALISÉ PAR
LUC JACQUES, TYPOGRAPHE
ACHEVÉ D'IMPRIMER
EN SEPTEMBRE 2008
SUR LES PRESSES
DES IMPRIMERIES TRANSCONTINENTAL
POUR LE COMPTE DE
LEMÉAC ÉDITEUR, MONTRÉAL

DÉPÔT LÉGAL
1re ÉDITION : 3e TRIMESTRE 2008
(ÉD. 01 / IMP. 01)